WITHDRAWN

Kim Lawrence

De pecado y seducción

Editado por HARLEQUIN IBÉRICA, S.A.
Núñez de Balboa, 56
28001 Madrid

© 2014 Kim Lawrence
© 2015 Harlequin Ibérica, S.A.
De pecado y seducción, n.º 2369 - 25.2.15
Título original: One Night with Morelli
Publicada originalmente por Mills & Boon®, Ltd., Londres.

I.S.B.N.: 978-84-687-5531-1
Depósito legal: M-30892-2014
Editor responsable: Luis Pugni
Impresión en CPI (Barcelona)
Fecha impresion para Argentina: 24.8.15
Distribuidor exclusivo para España: LOGISTA
Distribuidor para México: CODIPLYRSA
Distribuidores para Argentina: Interior, DGP, S.A. Alvarado 2118.
Cap. Fed./Buenos Aires y Gran Buenos Aires, VACCARO HNOS.

Capítulo 1

ODIABA retrasarse, y lo estaba haciendo. Y mucho.

Le dolían las mandíbulas por la tensión. Estaba claro que no tenía sentido estresarse por cosas que no estaban bajo su control, como la niebla en los aeropuertos, los atascos de tráfico o... no, dejarse caer por la oficina había sido un error tremendo y completamente evitable, pero formaba parte de su naturaleza y no había podido remediarlo.

Abriéndose camino entre la gente con sus zapatos de vuelos de largo recorrido, Eve abrió el teléfono móvil. Estaba observando la pantalla cuando un fuerte tirón estuvo a punto de arrojarla al suelo.

El instinto la llevó a agarrar con más fuerza la correa de la bolsa que llevaba al hombro. El forcejeo fue breve, pero el ladrón, que estaba maldiciendo y gruñendo, tenía el físico de su parte. Era delgado, pero también alto y enjuto, y consiguió escapar fácilmente con la bolsa.

–¡Ayuda! ¡Al ladrón!

Docenas de personas debieron de escuchar su grito angustiado, pero nadie reaccionó hasta que el ladrón, un joven alto con capucha que se iba abriendo camino entre la gente con su bolsa en la mano, se topó con un peatón que no se apartó.

Eve vio cómo el ladrón chocaba contra aquel objeto inmóvil y se daba de bruces contra el suelo antes de que la gente lo rodeara, impidiéndole a ella su visión.

No vio al ladrón sacudir la cabeza al mirar con el ceño fruncido hacia el hombre a cuyos pies estaba tendido. El ceño fue reemplazado al instante por una expresión de miedo. Entonces dejó la bolsa como si le quemara, se puso de pie y salió corriendo.

Draco suspiró. Si no fuera con prisa, podría haber perseguido al ladrón, pero iba con retraso, así que se inclinó para recoger la bolsa robada, que se abrió al instante desperdigando su contenido por la acera.

Draco parpadeó. Había visto mucho en sus treinta y tres años, y pocas cosas tenían el poder de sorprenderle ya. De hecho, aquella misma mañana se había preguntado si no estaría anquilosado. Pero verse allí de pie rodeado de ropa interior femenina, una ropa muy sexy, por cierto, le sorprendió sin lugar a dudas.

Alzó una de sus oscuras cejas y, esbozando una media sonrisa en sus sensuales labios, se inclinó hacia delante y agarró un sujetador de la cima del montoncito. Era de seda y de cuadros rosas. Y si no se equivocaba, de copa D.

Draco leyó en voz baja la etiqueta cosida a mano en una de las costuras.

—«La tentación de Eve» —aquel nombre le sonaba.

¿Tenía Rachel alguna prenda similar en un tono algo más discreto? Suspiró. Echaba de menos el sexo, pero, si quería ser sincero, y normalmente lo era, no echaba de menos a Rachel en sí y no lamentaba la decisión de haber decidido poner fin a su breve y mutuamente satisfactoria relación.

Porque Rachel había cruzado la línea. Había empezado utilizando el plural en sus comentarios: «Podríamos pasar por casa de mis padres». «Mi hermana nos ha ofrecido su cabaña de esquí para pasar la Nochevieja». Draco se culpaba por haberlo dejado estar en su momento, pero en su defensa debía decir que el sexo era realmente estupendo.

Las cosas habían llegado al límite un par de meses atrás, cuando Rachel se tropezó «accidentalmente» con él en unos exclusivos grandes almacenes en una de las pocas ocasiones que Draco tenía la oportunidad de pasar un rato de calidad con su hija.

No fueron los obvios esfuerzos de Rachel por llevarse bien con Josie lo que se le quedó a Draco en la mente, sino el comentario que le hizo su hija de camino a casa.

«No seas muy brusco cuando la dejes, ¿vale, papá?».

La preocupada expresión de sus ojos le hizo darse cuenta de que había sido demasiado complaciente, había permitido que se desdibujaran las líneas entre su vida familiar y los demás aspectos de su vida. Ahora que Josie se estaba haciendo mayor, era más importante que nunca mantener aquel muro protector alrededor de su vida familiar.

El día que miró a su hija y se dio cuenta de que su madre no iba a volver, juró que aquel abandono no la afectaría. Él la protegería y le daría seguridad. Había cometido algunos errores inevitables en el camino, pero al menos no había establecido lazos con las mujeres con las que salía y no se había arriesgado a sufrir cuando ellas también se marcharan.

–Me gusta –murmuró deslizando el pulgar por la suave seda.

–Eso es mío –la mirada decidida de Eve estaba clavada en el sujetador de cuadros rosas que confiaba en que fuera el éxito de la siguiente temporada.

–¿Tú eres Eve?

–Sí –respondió ella de manera automática.

Podía haberse declarado también dueña no solo del nombre, sino del sujetador y de la marca de la que tan orgullosa estaba, pero cabía la posibilidad de que aquella información fuera recibida con escepticismo, como en tantas otras ocasiones había sucedido.

Entendía la razón: todo era cuestión de apariencias, y ella, sencillamente, no parecía una mujer de negocios exitosa, y menos la fundadora de una famosa empresa de lencería que basaba su éxito en el glamour combinado con la comodidad y un cierto tono de audacia.

–Has sido muy valiente al detener a ese ladrón que huía con mi bolsa. Espero que no te haya hecho daño –la sonrisa se le borró al mirar a la cara al hombre que sostenía la prenda–. Estoy muy... –se aclaró la garganta y tragó saliva. La lengua se le pegó de forma incómoda al paladar.

Experimentó algunos otros perturbadores síntomas, y la pilló tan desprevenida que necesitó unos instantes para ponerle nombre a aquella incontrolada oleada de calor que le nació en la boca del estómago. Incluso el vello de los antebrazos se le erizó en respuesta a lo que aquel hombre exudaba: sexo puro y duro.

–Agradecida –por suerte no babeó, se dijo, a pesar de llevar varios segundos con la boca abierta.

Ahora que podía observar su cara con la objetividad de la que hacía gala, Eve se dio cuenta de que no era su bello rostro ni su cuerpo atlético lo que había provocado un terremoto en su sistema nervioso, sino el aura de salvaje sexualidad que exudaba como un campo de fuerza.

Aquello tenía sentido, porque la belleza tradicional

no solía causar ningún efecto en ella. No es que tuviera nada en contra de los pómulos afilados, las mandíbulas cuadradas y firmes, los labios sensuales ni los ojos negros rodeados de largas pestañas. Pero a Eve le gustaban las caras con carácter y los hombres que pasaban menos tiempo mirándose al espejo que ella. Y por supuesto, al ser un hombre no tenía que preocuparse de la tenue cicatriz que tenía al lado de la boca. Seguramente se la habría hecho de niño al caerse de la bicicleta, y le proporcionaba un aire de misterio.

Ser considerado un héroe por el mero hecho de estar allí de pie y dejar que el ladrón se chocara contra él provocó en Draco una sonrisa irónica.

–Sobreviviré.

Bueno, desde luego su ego sí. Estaba claro que podría soportar una tormenta de fuerza diez. Aquel pensamiento tan poco amable la llevó a fruncir el ceño. Por alguna razón, al mirarle sentía un antagonismo feroz.

Draco dejó la copa D y observó a la mujer de rostro sonrojado que le arrebató el sujetador de las manos. No podía ser suyo, ella no era una copa D. De hecho estaba seguro de que no llevaba sujetador, y el aire estaba fresco. Después de todo, se encontraban en Londres. Deslizó la mirada y la clavó en sus pequeños pero firmes pechos que subían y bajaban agitadamente bajo la camisa blanca y suelta que llevaba.

Eve siguió la dirección de su mirada y sintió cómo se sonrojaba todavía más aunque sabía que estaba siendo un poco paranoica. Nada podía ser menos revelador que su camisa, cualquier cosa más ajustada le rozaba la pequeña cicatriz del hombro que todavía le tiraba un poco.

–Gracias –hizo un esfuerzo por mostrarse algo cálida en la respuesta, y para asegurarse, se abrochó la chaqueta con cuidado de no presionar demasiado el hombro. Para la semana siguiente ya estaría lo suficientemente curada como para poder ponerse otra vez sujetador.

–¿De verdad te llamas Eve? –Draco deslizó su mirada curiosa hacia su rostro en forma de corazón.

–Déjame adivinar... tú eres Adán –ella suspiró como si estuviera cansada de escuchar aquella frase.

–No, yo soy Draco, pero puedes llamarme Adán si quieres.

–Es una proposición encantadora, pero no creo que lleguemos siquiera a llamarnos por nuestro nombre nunca –volvió a darle las gracias, guardó la última combinación en la bolsa, la cerró y, tras despedirse con una inclinación de cabeza, salió corriendo.

«No te está mirando, Eve, así que, ¿para qué balanceas las caderas?», se reprendió para sus adentros.

Pero sí la estaba mirando.

Frazer Campbell, un hombre meticuloso, llegó al final de la página, se ajustó las gafas y volvió otra vez al principio. Draco apretó las mandíbulas mientras trataba de controlar la impaciencia.

–Entonces, ¿debo pensar que es una amenaza sin fundamento? –preguntó.

Aunque la carta estaba salpicada de algunas frases jurídicas, estaba escrita a mano con la letra de su exmujer, pero no eran sus palabras. Draco tenía la sospecha de que había recibido ayuda, y no hacía falta ser un genio para saber de quién. El prometido de su exmujer, Edgard Weston, ocupaba un escaño en el parlamento defendiendo los valores familiares. Y seguramente sería difícil hacerlo cuando su futura esposa había jugado un papel tan periférico en la vida de su propia hija.

Draco no le conocía personalmente, pero había escuchado algunos chistes sobre él en más de una ocasión.

Pero el bienestar de su hija no era para Draco motivo de broma.

Frazer, que era unos cuantos años mayor que el hombre que recorría la estancia como una pantera enjaulada, estiró la hoja con el dorso de la mano mientras volvía a dejarla en el escritorio.

—No es una amenaza real, ¿verdad? —Edward Weston tenía fama de pomposo, pero no era un idiota. Y había que serlo para amenazar a Draco. El famoso empresario italiano afincado en Londres era conocido por muchas cosas, pero poner la otra mejilla no estaba entre ellas.

El comentario de Draco provocó que Frazer le mirara con los ojos encendidos.

—¿Quieres que te diga lo que pienso o lo que quieres oír? —Frazer alzó las cejas al darse cuenta de que su amigo iba vestido de traje entero—. ¿Te vas a casar? —le preguntó con recelo.

—¡Casarme! —el desprecio con el que pronunció aquella palabra dejaba clara su opinión respecto a la institución del matrimonio.

—Es una lástima. Si te casaras, sería la solución perfecta al problema. Entonces no habría dudas respecto a que a tu hija le falte... —consultó otra vez la carta y leyó en voz alta—: «una influencia femenina estable en su vida».

Draco se dejó caer en la silla que había frente al escritorio.

–Prefiero traer a mi madre a vivir conmigo.

Frazer se rio, conocía a Veronica Morelli.

–Si has cometido un error, no lo vuelves a repetir a menos que seas un completo idiota –continuó Draco.

Frazer, que era muy feliz en su segundo matrimonio, no se dio por aludido.

–¿Crees que es inteligente venir a pedirle consejo legal a un idiota?

Draco sonrió.

–Toda regla tiene su excepción –reconoció–. Y he venido a verte porque eres mi amigo y confío en ti. No podría pagarte lo que cobras.

El otro hombre resopló. Draco Morelli había nacido rodeado de riqueza y privilegios. Podría haberse quedado sentado a disfrutar de su herencia, pero era un emprendedor nato y durante los últimos diez años había realizado una serie de inversiones financieras que habían convertido su nombre en sinónimo de éxito.

Bajo la sonrisa de Draco se escondía una voluntad de hierro. Su corto matrimonio había sido un fracaso absoluto a todas luces, pero le había dado una hija que adoraba, así que nunca podría arrepentirse. Pero ¿volver a tomar deliberadamente aquel camino...?

Eso no ocurriría nunca.

Tenía aventuras, pero no aventuras amorosas. No adornaba las cosas y reconocía que para él el sexo era simplemente una necesidad básica. Había comprobado una y otra vez que la parte emocional no era necesaria. No le costaba ningún esfuerzo mantener un parachoques emocional, a veces incluso ni siquiera le caían bien las mujeres con las que compartía cama. Lo que sí implicaba un cierto esfuerzo por su parte era mantener a su hija, una jovencita de trece años increíblemente madura, ignorante de sus aventuras.

–Está hablando de derecho de custodia, al menos eso es lo que dice Edward.

El último novio de su ex era una elección extraña para una mujer que normalmente escogía a hombres más jóvenes. Draco dudaba que aquella pareja tuviera futuro a pesar del enorme anillo que llevaba Clare en el dedo. Pero tal vez estuviera equivocado, en cuyo caso les deseaba lo mejor.

Aunque no iba a permitir que su hija se viera envuelta en un tumulto emocional solo porque Clare hubiera descubierto de pronto que tenía instinto maternal. Ni hablar.

–Le tengo cariño a Clare. Seamos sinceros, es difícil no tenérselo –reconoció Draco–. Pero no confiaría en ella ni para cuidar de un gato, y mucho menos de una adolescente. ¿Te lo imaginas? –sacudió la oscura cabeza.

Clare no se distinguía precisamente por su sentido de la responsabilidad. Josie tenía tres meses cuando salió a hacerse la manicura y no volvió. Draco se convirtió en padre soltero a los veinte años, y tuvo que aprender muy deprisa nuevas habilidades. Todavía seguía aprendiendo.

La paternidad era un reto constante, como también lo era la interferencia de su madre. Cuando se quedó viuda y Draco le dijo que necesitaba un nuevo desafío en su vida, no pretendía que aquel desafío fuera él mismo. Veronica Morelli solía aparecer en la puerta de su casa con las maletas sin previo aviso, o se dedicaba a buscarle mujeres que consideraba adecuadas para el matrimonio.

–Clare está pidiendo la custodia compartida, Draco, y es la madre de la niña –Frazer alzó una mano para impedir hablar a su amigo y continuó con calma–, pero no, dadas las circunstancias y su historial no creo que ningún tribunal se la conceda aunque llegue a casarse con Edward Weston. No se puede decir que no tenga ya un acceso razonable a Josie.

Draco asintió. Por muchos defectos que tuviera, su exmujer era la madre de Josie y, a su manera, quería a su hija. Eso significaba que podían pasar meses sin que la niña recibiera algo más que algún mensaje o algún correo de su madre, que luego aparecía cargada de regalos y jugaba a la madre cariñosa hasta que algo más llamaba su atención.

La objetividad de Draco al referirse a su exmujer todavía estaba cargada de cinismo, pero hacía mucho tiempo que había desaparecido la rabia. Ahora era incluso capaz de reconocer que esa rabia iba más encaminada hacia sí mismo que hacia Clare. No era de extrañar, porque aquella obcecación sentimental disfrazada de amor era lo que le había llevado a un matrimonio que tenía la palabra «desastre» escrita en letras de neón.

–Entonces, ¿crees que no tengo nada de qué preocuparme? –preguntó.

–Soy abogado, Draco. En mi mundo siempre hay algo de lo que preocuparse.

–Claro, podría atropellarme un autobús –Draco consultó el reloj y se puso de pie. En realidad iba a subirse a un helicóptero, no a un autobús, para llegar a la boda de Charles Latimer. Las bodas le resultaban deprimentes y aburridas, pero a Josie le hacía mucha ilusión y estaba haciendo un esfuerzo por ella.

–¿Es cierto que Latimer va a casarse con su cocinera?

–No tengo ni idea –respondió con sinceridad Draco mientras pensaba en un sujetador de cuadros rosas y un par de enormes ojos verdes...

Mientras bajaba en el ascensor iba pensando en la dueña del sujetador, y estaba tan concentrado en ella que tardó veinte segundos en darse cuenta de que las puertas del ascensor se habían abierto.

«Céntrate, Draco». No dudaba ni por un instante de su capacidad de concentración, era una cuestión de priorizar y eso se le daba bien. Aquella habilidad fue la que le ayudó a superar las primeras semanas y luego los meses tras la marcha de Clare. Podía haberse dejado llevar por la amargura y por la autocompasión, podría haber dejado que aquel fracaso le definiera.

Pero no lo hizo.

Tras recordar aquello, mantener la líbido a raya resultó una tarea relativamente sencilla. Se dijo que Ojos Verdes no era su tipo. Y, sin embargo, tenía algo que...

—Oh, lo siento.

Draco agarró con firmeza del brazo a la joven que se había chocado con él, y al parecer no de forma accidental. Era rubia y despampanante. Aquella sí era su tipo.

La joven, que estaba apoyada en un solo pie, le agarró el brazo para sostenerse.

—¿Estás bien? —le preguntó Draco con una sonrisa carente de espontaneidad.

—No miraba por dónde iba. Son estos tacones.

Giró un tobillo, invitándole a mirar, y Draco lo hizo por educación.

—No sé si te acuerdas de mí... —la joven agitó las pestañas e hizo un pequeño puchero—. Nos conocimos en una gala benéfica el mes pasado.

—Claro —mintió él. En aquel acto había muchas mujeres atractivas, y había coqueteado con varias—. Si me disculpas, tengo un poco de prisa...

—Qué pena, pero tienes mi número, y me encantaría aceptar la invitación a cenar que me hiciste.

Antes de que Draco pudiera fingir siquiera que recordaba semejante invitación, la rubia abrió de pronto los ojos de par en par y empezó a agitar la mano salvajemente mirando hacia una figura que estaba a punto de cruzar la calle.

–¡Eve! –gritó.

Eve exhaló un suspiro, empastó una sonrisa en la cara y se giró sin entusiasmo.

Los había visto unos cincuenta metros más allá. No era de extrañar, la pareja que estaba en la entrada del aparcamiento en el que ella había dejado el coche llamaba la atención como solo podía hacerlo la gente guapa. Eve no tenía nada en contra de la gente guapa, de hecho su mejor amiga era uno de ellos. Tampoco envidiaba la atención que despertaban con su belleza, ser el centro de atención era una de sus peores pesadillas. El problema era el hombre... aquello sí que era tener mala suerte.

No le había impactado verle con la rubia, sino volver a tropezarse con él. Era el símbolo viviente del estatus, con aquel coche deportivo propio de los machos alfas como su padre. Pero, para ser justa, aquel hombre no era su padre. Entonces, ¿por qué le estaba juzgando de aquel modo?

Por el picor líquido que sentía en la pelvis, porque aquel roce casual con él la había llevado a experimentar un atisbo de la atracción irracional que debió de experimentar su propia madre, y que la llevó a olvidar sus principios y a tener una aventura con un hombre casado.

«No pierdas la perspectiva, Eve. Ha sido una semana dura y todavía no ha terminado», se recordó apartando la mirada de las largas uñas color escarlata que agarraban con gesto posesivo la manga del hombre.

El corazón le latía con tanta fuerza que apenas pudo escuchar la respuesta que le dio a aquella mujer, famosa por sus novios ricos y conocidos y por su cuerpo perfecto de modelo de lencería.

–Hola, Sabrina –al hombre le saludó con una inclinación de cabeza y trató de resistirse a su carisma.

–Eve, qué alegría verte –Sabrina la besó en las mejillas, inundando el aire con su denso perfume–. Y qué buen momento. Aprovecho para decirte que estoy disponible.

Eve odiaba meterse en una conversación que ya estaba iniciada. ¿Se suponía que debía saber a qué se refería?

Draco observó la expresión de Eve, estaba claro que no sabía de qué hablaba la rubia. Contuvo una carcajada, y tuvo más éxito que cuando trató de contener la oleada de deseo que experimentó al reconocer aquella pequeña figura que, si no se equivocaba, estaba a punto de escaparse de allí sin ser vista.

Draco no estaba acostumbrado a que las mujeres cruzaran la calle para evitarle. Normalmente solían hacer lo contrario, y se preguntó qué habría hecho para que Eve le mirara por encima del hombro. Su ego permanecía intacto, lo tenía bastante robusto, pero le picaba la curiosidad. ¿Qué haría falta para convertir aquella desaprobación en adoración incondicional? Se dio cuenta de que estaba poniendo el listón demasiado alto. No quería que le adorara, solo buscaba una sonrisa. Aunque la adoración estaría bien tras contar con una larga noche para conocerla mejor...

–¿Ah, sí? –le preguntó Eve a Sabrina.

–Sí, pero mi agente dice que sigue esperando una llamada de tu oficina para la nueva campaña. Me comentó algo sobre que esta vez no vas a utilizar modelos –Sabrina puso los ojos en blanco–. Pero yo le dije que estaba claro que tú pensabas que seguía comprometida con la gente del supermercado, cuando lo cierto es que he decidido dejarlo porque no quiero que me asocien con ese tipo de producto.

–Lo siento, Sabrina, pero he estado fuera del país. Es la agencia la que ha contratado a las chicas.

–Pero tú tendrás la última palabra, ¿no?

Eve estuvo tentada de decirle que la llamaría, pero ganó su innato sentido de la honradez. No sería justo engañar a la joven.

–La verdad es que tu agente está en lo cierto, no vamos a utilizar modelos, sino mujeres de verdad. No es que tú no seas de verdad, pero no eres normal. Lo que quiero decir es...

–Lo que quiere decir es que las mujeres normales no pueden aspirar a tener un aspecto como el tuyo, Sabrina.

Si otra persona hubiera hecho aquel comentario, Eve se habría sentido agradecida. Pero tuvo que morderse la lengua para no soltar «no me digas lo que he querido decir».

–Eres un encanto –Sabrina depositó un suave beso en la mejilla de Draco.

Eve puso los ojos en blanco, y los ojos oscuros de Draco se encontraron con los suyos por encima de la cabeza de la modelo. Sonrió, y a Eve le recordó a un zorro observando a una gallina indefensa.

Entornó los ojos y alzó la barbilla en silencioso desafío. No estaba indefensa ni era tan estúpida como para sonreír a un hombre que podía coquetear con una mujer mientras tenía a otra besándole.

Cuando Draco se apartó, se borró la expresión complaciente del rostro de la modelo.

–Pero ¿no es esa la idea? Se trata de que crean que si compran ese producto se parecerán a mí –dijo confundida.

Eve suspiró. No tenía tiempo ni ganas de darle explicaciones a aquella mujer a la que había estigmatizado como egocéntrica. Sus ojos se volvieron hacia su arrogante y alto acompañante.

–Lo siento, pero tengo que irme. Me ha encantado veros –notó la falta de sinceridad en su tono, pero no se quedó para ver si los demás también lo habían percibido. Se dirigió con la cabeza baja hacia el aparcamiento subterráneo.

Aquel breve encuentro la había dejado sintiéndose... se rio. El sonido rebotó por el pavimento y Eve sacudió la cabeza. Nunca se había sentido tan extraña. Ignorando el hecho de que le temblaban las manos, sacó las llaves del bolso.

Ya tenía suficientes cosas a las que enfrentarse aquel día como para ponerse a analizar los escalofríos que le producía aquel desconocido, que además representaba todo lo que despreciaba en un hombre. Tenía jet lag y debía enfrentarse a la idea de morderse la lengua mientras su madre tiraba por la borda su vida y su libertad. Se frotó el hombro y torció el gesto. Además, acababa de pasar por una operación menor. No cabía duda de que tenía derecho a sentirse un poco extraña.

–Tengo curiosidad, ¿por qué no paras de huir de mí?

Eve dio un respingo y estuvo a punto de dejar caer las llaves al darse la vuelta. ¿Cómo era posible que alguien tan alto hiciera tan poco ruido? Estaba solo unos metros detrás del brillante deportivo que era su equivalente motorizado. Si supiera de coches sabría de qué modelo se trataba, pero no era el caso.

Eve alzó la barbilla.

–Existen leyes contra el acoso –sabía perfectamente que la adrenalina que le corría por las venas no se debía al miedo, pero no quería pensar en ello. Le resultaba demasiado preocupante.

–Y me parece muy bien. Hablo por propia experiencia...

Ella le dirigió una mirada fulminante para callarle.

–Dios, debe de ser muy duro ser tan irresistible para el sexo opuesto –se contuvo para no añadir que ella no formaba parte de aquel grupo, pero los actos hablaban con más fuerza que las palabras, y confiaba en estar transmitiendo desprecio y no lujuria. No había forma de que aquel hombre pudiera saber que sentía un vergonzoso calor entre las piernas.

–Me siento halagado.

–No era mi intención –Eve sonó jadeante, y así se sentía mientras trataba de mantener el gesto desafiante frente a la sonrisa que había provocado su comentario.

No le conocía.

No le caía bien.

Nunca había experimentado una reacción tan fuerte frente a un hombre. Nunca.

–Relájate, *cara*. Este es mi coche –presionó la llave y las luces del deportivo se encendieron.

Sintiéndose una estúpida, Eve abrió la puerta de su propio coche.

–¿Te gustaría cenar conmigo alguna vez?

A Draco le sorprendió tanto como al parecer a ella escucharse hacer aquella invitación. Había sido un impulso impropio de él que cobró vida al verla entrar en el coche y saber que no volvería a verla jamás.

–Bueno, sería una pena no aprovechar toda esta...
–sus largos dedos se movieron en gesto expresivo se-
ñalando el aire que los rodeaba–, química.

Draco se sintió satisfecho con la explicación que
había dado a aquel comportamiento impulsivo. Ella
no lo parecía tanto.

El suave sonrojo que cubría su piel y el brillo furioso de sus ojos verdes provocaron que asintiera en
señal de aprobación. Allí había pasión. Sabía que estaba en lo cierto respecto a lo de la química.

–Parece que tienes un problema de ego. Quieres
que todas las mujeres se conviertan en tus esclavas.

Draco adoptó una expresión pensativa como si estuviera considerando la acusación, y luego sacudió
lentamente la cabeza.

–La esclavitud sugiere pasividad –murmuró mirándole los labios con expresión lujuriosa–. Y la pasividad me resulta aburrida.

–Bueno, a mí me resultan aburridos los hombres
con grandes egos –le espetó Eve tomando asiento tras
el volante del coche–. Y aquí no hay ninguna química
–gritó antes de cerrar la puerta.

Escuchó el sonido de su risa gutural por encima del
chirrido metálico cuando hizo crujir la palanca de cambios al intentar meter la marcha atrás.

Capítulo 2

L AS dos jóvenes que esperaban en el dormitorio tendrían veintipocos años, pero ahí terminaban sus similitudes.

La mujer que estaba sentada al borde de la cama con dosel con los tobillos cruzados era una rubia de ojos azules alta y elegante. La otra, que se había pasado los últimos cinco minutos recorriendo arriba y abajo la habitación, no era ni alta ni rubia, y aunque las dos iban igual vestidas, tampoco resultaba elegante.

Medía un metro sesenta sin tacones y tenía el cabello castaño. La única concesión que le hacía a la ocasión era el vestido. El pelo lo llevaba como siempre, recogido atrás. No era una declaración de estilo, pero revelaba la delicadeza de su cuello y le marcaba la redonda mandíbula. Cuando había algo de humedad la melena se transformaba en una masa de ondas incontrolables, y a Eve le gustaba controlar todo los aspectos de su vida.

Hubo un tiempo en el que trató de emular la elegancia natural de su amiga Hannah, pero por mucho que lo intentara, nunca lo conseguía. Al final siempre parecía que se había vestido con la ropa de su madre. Eve fue encontrando poco a poco su propio estilo, o como Hannah solía decir desesperada, su uniforme, y eso era un poco injusto. No todos los pantalones de traje de Eve eran negros, tenía algunos azul oscuro, y además, ¿quién tenía tiempo para ir de compras si tenía que dirigir un negocio? Era un mundo muy competitivo en el que nadie podía relajarse.

–¡Ay! –Eve se tropezó con el bajo del vestido azul de seda de dama de honor y se golpeó la rodilla contra el asiento de la ventana. El dolor provocó que los verdes ojos se le llenaran de lágrimas.

–Bueno, si hubieras venido a probártelo no te quedaría largo –Hannah sonrió con cariño y sacudió la cabeza.

Las medidas que le había tomado a toda prisa en el último momento habían dado como resultado que el escote del corpiño tuviera tendencia a bajar cada vez que Eve se movía demasiado rápido, y Eve se movía mucho. Su amiga nunca estaba quieta ni física ni mentalmente, y Hannah se cansaba solo de verla.

Eve soltó un suspiro desesperado. Si hubiera estado mejor dotada en el departamento de los senos no habría supuesto un problema, pero a pesar de los pañuelos de papel que se había colocado en el sujetador sin tirantes, seguía teniendo una talla menos de la que correspondía al corpiño.

Viéndolo desde el lado positivo, mientras se centraba en no enseñar demasiado no pensaba en su madre arrojándose en brazos de un hombre que no se la merecía. Pero no era del todo cierto. Pensaba en ello y lo hacía desde que su madre llamó emocionada como una colegiala con la noticia. Una semana no era mucho tiempo, pero Eve confiaba en que su madre hubiera recuperado la razón.

No era así.

–Las medidas que enviaste no debían de estar bien. Sarah dijo que has perdido peso desde la última vez que te vio –comentó Hannah.

Eve sintió una punzada de culpabilidad que se intensificó cuando Hannah la justificó.

–Ya sé que Australia está muy lejos para ir a probarse un vestido.

–¡No fui para evitar a mi madre! –protestó Eve, lamentándose al instante de haberlo dicho–. Además, no entiendo a qué viene tanta prisa.

Hannah se llevó una mano protectora al vientre. Le resultaba extraño que Eve, que era tan inteligente e intuitiva, no sospechara nada. Siempre se había sentido un poco intimidada por el brillante cerebro y la rapidez de su amiga, pero había ocasiones en las que Eve no era capaz de ver lo que tenía delante de las narices. Hannah cambió rápidamente de tema, seguramente no era el momento de expresar en voz alta sus sospechas.

–Bueno, has vuelto a tiempo y eso es lo importante. Me hubiera encantado que también asistieras a mi boda –añadió con melancolía.

–No me llegó ninguna invitación –gruñó Eve, pensando que, fuera cual fuera la historia que se escondía tras la boda de su amiga con el príncipe de Surana, nunca había visto a Hannah tan feliz ni tan bella. Brillaba.

–Pero debes estar contenta, Eve. Esto es lo que siempre habíamos querido. Ser por fin una familia.

Eve se mordió la lengua para no decir lo que pensaba.

No podía decirle a la hija del hombre en cuestión: «Tu padre es un perdedor y nunca quise que se casara con mi madre. Lo que quería era que se diera cuenta de que él la estaba utilizando y pusiera fin a aquella secreta y sórdida aventura».

No tenía ni idea de qué había llevado a Charles Latimer no solo a reconocer su larga relación con su cocinera tras años de secretismo, sino también a pedirle en matrimonio e invitar a medio mundo a la boda. Miró por la ventana al escuchar el sonido de otro helicóptero aterrizando. Estaba claro que Charles Latimer se movía en círculos muy selectos.

Eve apartó el rostro de la ventana y apretó las mandíbulas.

–¿Por qué tarda tanto?

Se hizo un largo silencio y la expresión de Hannah se volvió más ansiosa.

–Esto es muy romántico.

Eve alzó las cejas.

–¿Tú crees?

–Estoy de acuerdo contigo en que mi padre ha sido muy egoísta con Sarah durante estos años, pero tu madre es lo mejor que le ha pasado nunca –aseguró Hannah–. Me alegro de que se haya dado cuenta. Estoy deseando que Sarah sea mi madre.

–Como madre es muy buena –reconoció Eve. Se le había formado un nudo en la garganta al pensar en todos los sacrificios que su madre había hecho durante tantos años sola. Se merecía lo mejor y se iba a quedar con Charles Latimer. Apretó los puños–. Creo que ya te ve como a una hija.

–Eso espero –los ojos azules de Hannah se llenaron de lágrimas, y parpadeó para librarse de ellas cuando la puerta que conectaba con la otra habitación se abrió para revelar a la novia.

Con el rostro casi tan blanco como el vestido que llevaba puesto, Sarah Curtis se quedó un momento en el umbral de la puerta antes de dar un paso y agarrarse a la mesa al instante para sostenerse. Hannah reaccionó antes que Eve y se puso de pie rápidamente para ayudar a la otra mujer.

–¿Estás bien, Sarah?

Eve parpadeó. No veía el rostro pálido de su madre porque estaba hipnotizada con los kilómetros y kilómetros de tul que llevaba Sarah. Cuando vio el vestido por primera vez colgado de una percha se quedó literalmente sin palabras, y fue Hannah quien tuvo que decir las necesarias felicitaciones. No sabía cómo, pero se las había arreglado para sonar completamente sincera.

Hannah debía ser mejor actriz de lo que pensaba, porque el vestido era marcadamente horrible, y peor todavía, inapropiado. Eve no entendía qué había llevado a su madre a sacar de pronto la princesa que llevaba dentro.

Sarah sonrió débilmente.

–Solo necesito un poco de colorete.

Hannah la miró con cara de circunstancias, se puso en jarras y la otra mujer suspiró profundamente.

–De acuerdo, no tenía pensado decíroslo todavía porque aún no estoy de doce semanas y...

Debía de pesar una tonelada, pensó Eve observando la intrincada cola kilométrica que era el sueño de muchas chicas. Pero no el suyo, ella nunca había soñado con llevar un vestido tan recargado. ¿Cómo era posible que una mujer de cuarenta y tantos años considerara apropiado llevar un vestido de novia blanco merengue?

Dirigió la mirada hacia Hannah, que tenía un aspecto regio con su precioso vestido. De hecho ahora era una princesa de verdad, un hecho al que Eve todavía no se había acostumbrado. Hannah se acercó a su madre y la abrazó. Las dos mujeres lloraban, y Eve estaba confusa. ¿Se había dado cuenta por fin su madre de que el vestido era un desastre?

–Siempre puedes quitarte la cola –sugirió Eve tratando de mantenerse firme y práctica por el bien de su madre. Sabía que debía aguantar aquel día y estar allí para su madre en el futuro cuando las cosas salieran mal con Charles, algo que sin duda sucedería.

Sarah se rio.

–Ojalá fuera así de simple. Contigo nunca tuve náuseas matinales, cariño, pero esta vez... –puso los ojos en blanco y aceptó el vaso de agua que le ofreció Hannah.

Eve parpadeó y trató de entender. ¿Náuseas? Debía haber oído mal. Solo se tenían náuseas matinales cuando se estaba... embarazada.

Sintió como si hubiera chocado de cabeza contra un muro. El impacto le bloqueó la mente y se sentó en el asiento de la ventana. Se quedó allí sin respirar hasta que finalmente exhaló un suspiro y cerró los ojos.

–Así está mejor. Lo único que necesitabas era un poco de color.

Eve se pasó una mano por la nuca con gesto ausente y vio cómo su amiga aplicaba un poco de colorete en las mejillas de su madre.

–¿Estás... estás embarazada, mamá? ¿Cómo...? –dos pares de cejas arqueadas se giraron hacia ella–. Bueno, supongo que esto lo explica todo.

–¿Qué es lo que explica, Eve? –preguntó Sarah.

Eve sacudió la cabeza y creyó entender por qué el bribón de Charles Latimer había decidido de pronto no solo hacer pública su aventura con su cocinera, sino casarse con ella. No se debía a un repentino ataque de amor hacia Sarah, se trataba únicamente de la posibilidad de tener un heredero.

Pero a Hannah no parecía importarle la posibilidad de quedar desheredada. Su amiga parecía encantada.

–Lo sabía –afirmó Hannah con suficiencia mientras limpiaba las lágrimas de los ojos de su futura madrastra–. Quien inventó el rímel que no se corre merece una medalla. Aunque tú no sabes de qué hablo, Eve –miró a su amiga, que había sido bendecida con unas pestañas oscuras y largas que no precisaban artificios–. Anoche le dije a Kamel que pensaba que a lo mejor estabas embarazada, pero él me contestó que solo porque yo...

Se calló y se cubrió la boca con la mano.

–No quería decirlo hasta que Kamel se lo hubiera contado a su tío por el tema del protocolo. No diréis nada, ¿verdad?

–¡Hannah, cariño, Kamel debe de estar encantado! –el rímel de Sarah se puso otra vez a prueba cuando abrazó a Hannah.

–Los dos lo estamos, pero Kamel actúa como si yo fuera de cristal. No me deja hacer nada, me está volviendo loca –confesó con una carcajada.

La expresión de su amiga al pronunciar el nombre de su marido llevó a Eve a apartar la mirada. Se sentía incómoda. Estaba preparada para aceptar al príncipe con el que se había casado Hannah porque estaba tan enamorado de ella como ella de él, pero su lado cínico se preguntaba cuánto tiempo duraría la luna de miel.

–Las dos vais a tener un hijo –Eve estaba todavía tratando de encajar la noticia.

Sarah la tomó de las manos con gesto extasiado.

–¿No es increíble? Nuestra familia crece, chicas.

–Una familia de verdad –apostilló Hannah.

Eve se aclaró la garganta. Estaba claro que le tocaba a ella hablar, pero ¿qué podía decir?

–Es increíble –consiguió decir.

Había pasado mucho tiempo desde que se quedaba

despierta por las noches deseando tener una familia de verdad. Llegó un momento en el que se dio cuenta de que no tener padre, o al menos un padre dispuesto a reconocer su existencia, era una bendición. A diferencia de la mayoría de sus compañeras de clase, se había librado del trauma de ver a sus padres pasar por un feo proceso de separación y divorcio.

Su madre ni siquiera había tenido novios cuando empezó a trabajar para el padre de Hannah. Hannah descubrió primero lo que estaba pasando, y le preocupó más el secretismo que la relación en sí.

Para Eve no se trataba solo del secretismo, sino de todo, y cuanto más duraba la relación, más se enfurecía al ver cómo su madre permitía que la historia se repitiera y se convertía en el juguete de un hombre rico que la trataba como a una criada delante de sus ricos y poderosos amigos.

Aunque Charles Latimer no estuviera casado, se parecía mucho a su padre, un egoísta que había utilizado y humillado a su madre. Por supuesto, en aquel entonces Sarah era una estudiante impresionable en su primer trabajo, una presa fácil para un jefe rico y sin escrúpulos.

Lo que Eve no entendía era cómo su madre podía dejar que se repitiera ahora que era una mujer inteligente e independiente. ¿Cómo podía dejarse utilizar y humillar de aquel modo?

Eve se preguntó si sería consciente de que Charles se casaba con ella solo por el bebé. Bueno, al menos estaba un paso más allá en la evolución que su propio padre, que cuando supo que Sarah estaba embarazada se limitó a escribirle una nota diciéndole que no tuviera al bebé.

Eve nunca le contó a su madre que encontró la nota

cuando buscaba el certificado de nacimiento, y nunca le dijo que conocía la identidad de su padre. Lo que hizo fue guardarlo todo cuidadosamente en la caja en la que lo encontró.

–Tener un hijo a tu edad –Eve sintió la mirada de advertencia de Hannah–. No es que seas mayor, claro.

Su madre esbozó una sonrisa.

–Eres la personificación del tacto, Eve.

Eve se fijó en la mirada que intercambiaron Hannah y su madre. No le molestaba el lazo que habían formado, pero había ocasiones en las que le provocaba un poco de envidia.

–Solo quería decir que... –hizo una pausa–. ¿No será peligroso para ti y para el bebé?

Aunque no para Charles Latimer. Eve sintió cómo la rabia y el resentimiento que siempre había sentido hacia aquel hombre se intensificaban.

–Muchas mujeres tienen actualmente hijos a los cuarenta, Eve –Hannah empezó a enumerar una lista de famosas de la edad de Sarah que habían dado a luz hacía poco.

–Y voy a tener mucho más apoyo que la última vez. Tu padre se ha portado de maravilla, Hannah.

Demasiado tarde, pensó Eve antes de sentir una punzada de culpabilidad. Siempre le pasaba cuando pensaba en todo a lo que su madre había renunciado para ser madre soltera. Se merecía ser feliz al fin, pero ¿encontraría esa felicidad con Charles Latimer?

Darle a su madre todo lo que se merecía era la razón por la que Eve había rechazado la beca de la prestigiosa universidad que le habían ofrecido. En su lugar, fundó su propia empresa. No había sido fácil. Todos los bancos habían rechazado a aquella joven inexperta de dieciocho años y al final había convencido a un fondo benéfico que promovía jóvenes talentos. El resto era historia. En la actualidad ejercía con regularidad de mentora para jóvenes emprendedores y ayudaba a recaudar fondos para ellos.

Un año atrás, Eve consiguió por fin decirle triunfalmente a su madre que ya no necesitaba seguir trabajando para Charles Latimer, que ella podría mantenerla y Sarah podría hacer lo que quisiera: ir a la universidad, abrir su propio restaurante... lo que quisiera.

Era un buen plan, pero tenía un problema. Resultó que su madre ya estaba haciendo lo que quería: quería malgastar su talento siendo la esclava de un hombre como Charles Latimer. Eve se sintió frustrada, furiosa y herida. Sabía que desde aquel día se habían distanciado. Ella lo había querido así.

Los ojos verdes de Sarah volvieron a llenarse de lágrimas mientras escudriñaba el rostro de su hija.

–Estás de acuerdo con esto, ¿verdad, Eve?

–Estoy feliz por ti, mamá –aseguró ella en voz baja pensando que, si aquel hombre le hacía daño, lamentaría haber nacido.

Tal vez era mejor actriz de lo que pensaba, o tal vez su madre quisiera creerse la mentira, pero, en cualquier caso, Sarah pareció visiblemente más relajada.

Capítulo 3

AUNQUE el césped estaba lleno de carpas para la celebración, la ceremonia iba a tener lugar en el gran vestíbulo de madera de Bernt Manor, la mansión de campo de Charles. Los invitados estaban sentados en filas semicirculares alrededor de un pasillo central, y la imponente escalera estaba iluminada de modo que todo el mundo pudiera ver bien a la comitiva nupcial cuando entrara.

Un cuarteto de cuerda entretenía a los invitados durante la espera. Luego cantó una soprano, y a algunas personas se les llenaron los ojos de lágrimas. Finalmente empezó a sonar la marcha nupcial y Draco suspiró, pero el codazo que le dio su hija en las costillas le llevó a girar la cabeza hacia la lenta marcha de la comitiva nupcial que bajaba por las escaleras. Dirigió en primer lugar la atención hacia la dama de honor más alta, la mujer de su amigo Kamel.

Draco la observó cuando pasó por delante de su fila. Era muy guapa, pensó dirigiendo la mirada hacia la segunda dama de honor, que hasta el momento había quedado bloqueada por la altísima rubia.

Sintió un escalofrío seguido de una oleada de deseo al ver que era Eve. No creía en el destino ni en el karma, pero sí creía en no desperdiciar oportunidades. En cuanto estuvo delante de él, Draco vio algo que se suponía que no debía verse en una boda. Ocurrió tan deprisa que, si no la hubiera estado mirando fijamente, se lo habría perdido. Sin mirar ni a derecha ni a izquierda, Eve se agarró el corpiño del vestido antes de que se le deslizara por la cintura, pero no antes de que llegara a ver el sujetador blanco de encaje, la suave línea de los pezones y una marca de nacimiento en forma de luna en la parte izquierda del tórax.

A medida que avanzaba la ceremonia, Draco se dio cuenta de que no miraba a los novios sino a Eve. Le picaba la curiosidad porque no la veía contenta, parecía estar en un funeral en lugar de en una boda. Y también le interesaba mucho volver a ver aquella marca de nacimiento. Nunca había sentido una atracción tan poderosa por ninguna mujer.

No apartó los ojos de ella durante toda la ceremonia. Ni luego, cuando la comitiva presidida por la feliz pareja volvió a enfilar por el pasillo. A diferencia de la nueva princesa de Surana, que iba sonriéndole a todo el mundo, Eve tenía la vista clavada al frente.

Justo cuando acababa de pasar a su lado, giró de pronto la cabeza. Sus miradas se encontraron y Draco dejó de respirar durante un segundo. Eve se sonrojó cuando él le guiñó un ojo.

Una vez asumido que iba a pasar, Eve solo quería que terminara cuanto antes. Consiguió, en gran medida, no pensar en nada durante la ceremonia. Tuvo un percance con el vestido, pero confiaba en que nadie se hubiera dado cuenta. Para asegurarse de que no se repitiera, nada más terminar, se escabulló a la despensa de abajo para ponerse más papel en el sujetador.

Se quedó allí un buen rato, el problema del vestido no había sido la única razón por la que estaba allí. El recuerdo del guiño de unos ojos oscuros apareció en su mente, y lo apartó de sí al instante. No quería darle espacio. Ningún hombre la había mirado nunca con tanta intensidad. Eve había mantenido un aire de frío desdén, pero por dentro no sentía precisamente frío.

No tenía ni idea de quién era aquel hombre, y no estaba interesada en averiguarlo, decidió. La lista de invitados brillaba, como cabía esperar cuando el novio era tan rico y bien conectado como Charles Latimer. Como buen señor de la mansión, había invitado también a todos los trabajadores de la hacienda y a sus familias, incluidas unas cuantas chicas con las que Eve había ido al colegio. Eve no hizo amago de ignorarlas, pero tampoco habló con ellas.

Sin saber cómo, se las arregló para superar los discursos sin perder la compostura y representar el papel de feliz hija de la novia.

Cuando los novios salieron a abrir el baile, el nudo de tristeza que tenía en el pecho era ya tan apretado que sentía que la ahogaba, y le dolían los músculos de la cara por el esfuerzo de sonreír y parecer contenta cuando todo su interior gritaba lo contrario.

Cuando acabaron los aplausos y los invitados empezaron a salir a la pista, Eve fingió no ver al príncipe Kamel acercándose a ella, alentado seguramente por Hannah, y se dirigió a uno de los baños portátiles decorados con flores. Lo último que necesitaba era que bailaran con ella por compasión.

El baño estaba vacío. Llenó el lavabo con agua y se quedó mirando su reflejo. Lo que vio no ayudó a mejorar su humor. La humedad del clima le había rizado el pelo. Suspiró y trató de atusárselo lo mejor posible. Luego estiró los hombros, se miró una última vez y se dirigió a la puerta. La había entreabierto cuando escuchó aquellas voces que conocía tan bien. Miró de reojo y las vio a las tres. Siempre iban en grupo, y al parecer seguían haciéndolo.

Aquellas acosadoras del colegio que le habían hecho la vida imposible ya no ejercían ningún poder sobre Eve, pero la idea de salir y toparse con ellas... aquello era demasiado.

Se levantó el vestido y corrió hacia uno de los baños individuales, cerrándolo justo antes de que las tres mujeres, cuyos padres también trabajaban en la hacienda, entraran.

—Me encanta ese lápiz de labios, Louise.

Se escuchó el ruido de los productos de maquillaje sobre la encimera.

—Así que Hannah ha pillado a un príncipe. Qué suertuda.

—Él es guapísimo, pero ella parece que ha engordado.

—Sí, eso desde luego. Pero por mí puede quedarse con su príncipe. A mí me gusta el italiano. Tiene unos ojos y una boca...

«Estás obsesionada», se reprendió Eve en silencio. Solo porque aquel hombre fuera moreno no significaba que estuvieran hablando de él. ¿Italiano? De hecho, una de las cosas que más le habían llamado la atención era su tono de piel mediterráneo. Recordó su voz, sexy y ronca, pero sin acento.

—¿Es italiano?

—¿No has oído hablar nunca de Draco Morelli? De verdad, Paula, a veces me pregunto en qué planeta vives. Es multimillonario y sale en todas las listas de los más ricos.

—Entonces, ¿está forrado? Mejor que mejor. Lástima lo de la cicatriz. Pero supongo que eso no es tan grave.

–¿Está casado?

Alguien se rio. Eve no supo quién de ellas, pero una cosa tenía clara: ya no le quedaban dudas sobre a quién se referían. En cuanto mencionaron la cicatriz, supo que el trío hablaba del hombre cuyas miradas llevaba todo el día tratando de ignorar.

–¿Acaso importa?

Aquella respuesta despreocupada hizo que Eve frunciera los labios con desagrado. Aunque ella no aspirara personalmente al matrimonio, pensaba que si alguien pronunciaba los votos, debía mantenerse fiel a ellos. Y sabía que al menos dos de las mujeres que estaban allí fuera llevaban anillo de casada.

Dado que se movía en los mismos círculos que su ahora padrastro, no le extrañaba que el tal Morelli tuviera dinero, pero a Eve no le impresionaba eso. Se podía reconocer la calidad de un buen traje hecho a mano sin admirar a la persona que lo llevaba.

Su padre biológico tenía dinero y estatus y era un completo canalla. Eve admiraba el talento y la inteligencia, y sin duda había inteligencia en la mirada oscura que la había estado siguiendo todo el día, pero fue el desafío sexual que encerraba lo que le provocaba escalofríos.

–Eso es un plus, desde luego –admitió alguien, tal vez Emma–. Pero no le echaría de la cama aunque estuviera arruinado. Imagináoslo desnudo y listo para la acción...

Siguieron risas y comentarios soeces, y Eve no pudo evitar reaccionar con una mezcla de indignación y desagrado. Porque ella había tenido también la misma fantasía, se había preguntado qué aspecto tendría aquel hombre desnudo.

–Se ha pasado todo el día mirándome, no podía

apartar los ojos de mí. ¿Os habéis fijado? –presumió Louise.

Eve resopló furiosa por la nariz. Así que había estado mirando a todas las mujeres, ¡menudo canalla!

–¿Quieres decir que se ha acercado a ti? ¿Cuándo?

–Le escribí mi número en el brazo.

–¡No! ¿Cuánto has bebido? ¿Y si Rob te hubiera visto?

–¿Y qué te dijo?

–Me miró y yo me eché a temblar. Tiene unos ojos preciosos. Y luego me dijo...

–¿Qué? ¿Qué te dijo, Louise?

Aquella pausa dramática tenía también a Eve en ascuas.

–Por el modo en que me miraba, sé que me desea. Eso se nota...

–Sí, pero, ¿qué te dijo?

–Dijo que tenía una memoria excelente, y que, si quería recordar un número, lo haría. ¡Y luego lo borró!

Estaba claro que Louise había decidido que eso era algo bueno. Sus amigas no parecían tan convencidas. Siguieron hablando del tema hasta que encontraron un asunto en el que todas estaban de acuerdo. Lo despreciable que les parecía aquella boda.

–Creo que en una época como esta, en la que la gente está sin trabajo, una exhibición de este tipo resulta muy insensible.

«Entonces, ¿por qué habéis venido?», pensó Eve.

–Ya, pero el champán es bueno.

–La novia no es más que la cocinera.

–Pero es guapa. A mí no me importaría estar la mitad de bien que la madre de Eve a esa edad.

–Hay que reconocerle su mérito, al final consiguió a su hombre. Mi madre dice que llevan años liados.

Echando chispas por los ojos, Eve agarró el pica-porte de la puerta. Nadie iba a hablar mal de su madre estando ella delante.

–¿Y qué me decís de Eve? ¿Qué os parece su aspecto?

Eve dejó caer la mano mientras escuchaba las maliciosas risas. Le traían recuerdos del pasado, y por un instante volvió a ser la niña de la que sus compañeras se burlaban.

–¡Y ese pelo!

–Y las cejas. Además, sigue estando plana como una tabla.

–Esa engreída pasó a mi lado y actuó como si yo no estuviera allí. Bueno, por mucho dinero que haya ganado, está claro que no ha gastado nada en maquillaje. Sin duda es lesbiana.

–No hay más que verla.

–¡Y pensar que nos llevaron a dirección por decirlo en el colegio! Esa chica no tiene sentido del humor –se escuchó el sonido de la puerta al abrirse–. Siempre ha sido una creída y nos ha mirado por encima del hombro.

Viejos insultos que Eve había oído con anterioridad.

La puerta del baño de señoras se cerró y todo quedó en silencio, pero Eve se quedó dentro del cubículo unos minutos más para asegurarse de que se le secaran las lágrimas.

Se llevó la mano al húmedo rostro. Había jurado que no volverían a hacerla llorar, que aquellas acosadoras que habían convertido su vida en un infierno en el pasado habían perdido la capacidad de hacerle daño.

Entonces, ¿por qué se estaba escondiendo en el baño?

–No me estoy escondiendo –estaba a punto de abrir cuando una vocecita le hizo dar un respingo.

–Ya lo sé, pero no pasa nada. Ya se han ido.

Aquella voz no pertenecía a ninguna de las tres caras del pasado.

La única persona que quedaba en el vacío baño era una niña. Aunque llevaba bailarinas planas, era unos centímetros más alta que Eve y más esbelta. La sonrisa que le dirigió cuando salió del cubículo le iluminó las perfectas facciones.

Eve sintió la cálida mirada de sus ojos marrones cuando se acercó al lavabo.

–¿Te encuentras bien?

Eve sonrió al reflejo de la niña en el espejo y abrió el grifo, permitiendo que el agua caliente le resbalara por las manos.

–Sí, gracias –mintió lamentando que le temblara la voz.

Aquello era una locura, era una mujer de negocios de mente fría. Entonces, ¿por qué sentía aquella urgente y extraña necesidad de liberar su carga?

La niña seguía mirándola con gesto preocupado.

–¿Estás segura?

Qué niña tan encantadora. A Eve le recordaba un poco a Hannah a su edad. No físicamente, porque esta niña tenía el pelo negro como el ala de un cuervo, la piel dorada y los ojos marrones, pero sí en la seguridad que tenía en sí misma y en aquella elegancia innata. Eve asintió y la niña se dirigió hacia la puerta.

La pequeña tenía la mano en el picaporte cuando se dio la vuelta.

–Mi padre dice que no debes dejar que puedan contigo –aseguró–. O al menos que no lo noten. Los acosadores reaccionan al oler el miedo, pero en el fondo son personas inseguras y cobardes.

–Parece que tienes un buen padre.

–Así es –la niña esbozó una sonrisa que la hizo parecer más pequeña–. Pero no es perfecto, aunque él cree que sí.

La niña tenía una sonrisa contagiosa.

–¿Puedo preguntarte si eres...?

Por primera vez en todo el día, Eve sintió ganas de echarse a reír, pero se contuvo.

–¿Si soy lesbiana? –terminó Eve por ella.

–A mí me parece bien –aseguró la niña.

Era tan dulce, tan amable, tan distinta a la profunda malicia de las mujeres que acababan de salir, que Eve sintió cómo se le volvían a llenar los ojos de lágrimas. Parpadeó varias veces y apoyó una mano contra la pared.

Los ejercicios mentales que utilizaba para bloquear sus emociones requerían energía, y Eve tenía las reservas seriamente mermadas.

–No, no lo soy –el sollozo le surgió de lo más profundo de su interior. Y luego le nació otro, y otro. Todas las emociones que había tratado de mantener bajo control aquel día se desataron de pronto.

–Quédate aquí. Iré a buscar a alguien.

–Estoy... estoy bien –aseguró Eve entre hipidos.

Pero la niña había desaparecido.

Capítulo 4

EVE no esperaba que la niña regresara, pero lo hizo, y con la última persona del mundo que esperaba ver en el cuarto de baño de señoras.

Draco Morelli era el padre... oh, Dios mío.

Eve se echó hacia atrás agitando una mano mientras tragaba saliva.

–¡Marchaos de aquí!

–Vigila la puerta, Josie, y no dejes que pase nadie.

–De acuerdo –la niña agarró las manos de su padre y se inclinó hacia delante para mirarle las muñecas–. ¿De verdad que esa mujer te ha escrito su número en el brazo? No me mires así, estoy acostumbrada a tener un padre sexy. Y por cierto, no es lesbiana –dijo la niña saliendo del baño.

Draco ni siquiera parpadeó.

–Es bueno saberlo –se giró hacia Eve, que se había refugiado en una esquina con la cara llena de lágrimas y los ojos rojos e hinchados.

El matrimonio le había hecho desconfiar a Draco de las lágrimas femeninas. Clare era capaz de abrir y cerrar el grifo del llanto a placer. Y había perfeccionado tanto el arte que nunca se manchaba de maquillaje ni se le enrojecía la nariz. Su llanto era estéticamente perfecto.

Nada que ver con los sollozos intermitentes de esta otra mujer. Sus emociones eran auténticas, eso lo tenía claro, y sintió una punzada de simpatía en el pecho.

Draco no tenía interés en conocer el origen de aquel desbordamiento emocional; solo quería que dejara de llorar. Aunque ninguna de las fantasías que había tenido a lo largo de aquel interminable y aburrido día terminaba de aquel modo.

Se la había imaginado de muchas otras maneras, como vestida con su impactante lencería. Tras unas cuantas pesquisas, había confirmado que ella la diseñaba.

Deslizó la mirada hacia su rostro en forma de corazón, el abundante cabello ahora alborotado. A Draco le gustaban las mujeres arregladas, así que le sorprendió que aunque Eve estuviera hinchada y llena de lágrimas, le resultaba muy placentero mirarla.

—Estoy bien —si sentirse completamente mortificada era estar bien, se dijo—. ¿Por qué no te vas? —le pidió con la mayor frialdad que pudo mientras trataba de controlar otro sollozo.

Poco acostumbrado a que las mujeres le pidieran que se fuera, Draco tardó unos segundos en formular una respuesta digna.

—Nada me gustaría más. Mira, tú no quieres que esté aquí y yo no quiero estar, pero mi hija vino a buscarme para que la ayudara, y Josie sigue pensando que tengo capacidad para conseguir lo imposible. Mi intención es mantener viva esa ilusión.

Eve, que ya había dejado de llorar, alzó la barbilla.

—Es extraño, porque parece una niña inteligente.

Eve esperaba una respuesta enfadada, así que el brillo de humor que desprendieron sus ojos la dejó un poco descolocada.

—Eso está mejor —reconoció él—. Y dime, ¿cuál es la historia?

—¿Qué historia? —Eve pasó por delante de él y abrió

el grifo–. ¿No deberías irte? Alguien podría entrar, y ya ves que estoy bien.

–No te preocupes, Josie nos dará un poco de intimidad.

Lo último que quería Eve era tener intimidad con aquel hombre. La idea le provocó un nuevo escalofrío en la espina dorsal.

–Y dime, ¿qué pretendes que haga tu hija si alguien quiere entrar?

Draco se encogió de hombros con indiferencia.

–Es una niña con muchos recursos.

Eve le miró en el espejo y sacudió la cabeza.

–Y tú eres un padre muy raro, aunque yo no sé mucho de padres –lamentando haber dicho aquello, inclinó la cabeza y se echó agua en la cara.

Cuando volvió a levantar la cabeza, Draco estaba justo a su lado, lo suficientemente cerca como para que Eve fuera consciente del calor de su esbelto y duro cuerpo. A aquella distancia podía apreciar la textura de su piel dorada, ensombrecida ahora por una sutil barba incipiente que casi le ocultaba la cicatriz de al lado de la boca.

–Entonces, ¿tú no tienes padre?

Eve dio un respingo como si se hubiera despertado de pronto y agarró una de las toallas individuales para secarse las manos. Sintió cómo se debilitaba bajo su mirada.

–¿Qué pasa, que estás investigando para tu próximo libro? –le espetó.

–Lo cierto es que estoy interesado en ti.

Aquel comentario le arrebató el camuflaje protector. Sintiéndose terriblemente expuesta, y lo que era peor, excitada, se frotó la cara con la toalla.

–Yo no estoy interesada en ti en lo más mínimo, Draco Morelli.

Él alzó las cejas.

–Sabes mi nombre.

–Ha salido en la conversación.

–Ah, sí, la conversación –murmuró Draco–. ¿Qué te han dicho tus encantadoras amigas que te ha molestado tanto?

–No son mis amigas –se apresuró a decir Eve–. Fuimos juntas al colegio del pueblo, y luego al instituto.

–Te conviene contarme qué te han dicho, porque si no lo hará Josie, y si mi hija ha quedado traumatizada quiero saberlo ahora mismo.

¡Traumatizada! A Eve le horrorizó que sospechara que su hija había presenciado alguna especie de pelea de bar.

–Tu hija no ha visto nada raro –aseguró–. Ellas ni siquiera sabían que estaba ahí. Solo me he quedado escuchando cómo hablaban mal de mí. En el colegio tampoco nos llevábamos bien.

–Parecen mucho mayores que tú. Lo que no entiendo es por qué sus celos te hacen llorar a ti.

Eve suspiró. El modo más rápido de sacar a Draco de allí era satisfacer su curiosidad y mantenerse tres segundos sin venirse abajo.

–No tiene nada que ver con ellas. Ha sido una combinación de champán, jet lag y...

Se detuvo, y una expresión de asombro apareció en su rostro al procesar finalmente el comentario.

–No tienen celos de mí, ¿qué te hace pensar eso?

Draco parecía asombrado por la pregunta.

–Veamos. Eres una mujer guapa y de éxito y ellas... –torció los labios en un gesto de desprecio al recordar a la rubia de bronceado naranja que se le había abalan-

zado para escribirle su número en el brazo, avergonzando a todos los testigos de la escena.

Draco no se había avergonzado, pero sí se sintió
molesto y ofendido.

–No.

¿Draco pensaba que era guapa?

–Y no has bebido nada de champán.

La verde mirada acusadora de Eve se clavó en su
rostro.

–¿Cómo lo sabes?

–Soy un hombre observador.

Ella entornó los ojos.

–¡Me has estado observando! –le espetó temblando
con una combinación de rabia y emoción.

–Y tú lo sabías –contraatacó él–. Es el juego de los
hombres y las mujeres, *cara* –bromeó.

Eve hizo un esfuerzo por superar el pánico que se
estaba apoderando de ella y por mantener la calma.

–Yo no estoy jugando a nada.

Draco se la quedó mirando durante un largo instante, y sintió un atisbo de incertidumbre ante la posibilidad de que le estuviera diciendo la verdad. No
podía ser tan inexperta, ¿verdad? Pero al mirar aquellos grandes ojos color esmeralda, se dio cuenta de
que no estaba tratando de ocultar nada.

Una palabra le surgió en la cabeza: inocencia.

Draco se incorporó y se apartó de ella, no solo en el
plano físico. Pensaba que estaban en el mismo barco,
pero se había equivocado. Había visto aquella boca sensual, pero no la carga emocional que llevaba consigo.
Afortunadamente, se dijo, había descubierto su error
ahora, antes de que las cosas fueran demasiado lejos.

–¿Podrías hacerme un favor? –le preguntó.

No iba a hacerle una proposición indecente con su

hija al otro lado de la puerta, pero, de todas formas, a Eve se le aceleró el pulso.

–Eso depende.

–Sonríe y trata de no ser tan dramática.

Ella se puso tensa.

–¿Perdona?

–Me gustaría seguir siendo un héroe a ojos de mi hija el mayor tiempo posible, así que te agradecería que hicieras un esfuerzo para que pareciera que he agitado mi varita mágica y todo ha mejorado. No eres la única a la que no le gustan las bodas. Creo que en mi caso se debe a que me recuerdan demasiado a la mía –admitió con franqueza.

Ahora podía pensar en aquel día con cierto grado de objetividad, pero durante mucho tiempo no fue así. Ahora era capaz de admitir que mientras pronunciaba sus votos sabía que estaba cometiendo el mayor error de su vida, y dudaba que hubiera llegado tan lejos si sus padres no hubieran estado en contra de su decisión y no le hubieran dado un ultimátum.

En aquel entonces tenía veinte años y creía que lo sabía todo. La desaprobación de sus padres había sido como ponerle delante un trapo rojo a un toro, ¿y qué mejor manera de demostrar su madurez que casándose en contra de la voluntad de sus padres para demostrarles lo equivocados que estaban?

–¿Hacer un esfuerzo? –repitió Eve enfadada en voz baja–. ¿Y qué crees que llevo haciendo todo el día? Y en cuanto a tu matrimonio, ahórrame los detalles –le miró y sintió que algo se desataba en su interior–. Dices que no te gustan las bodas, ¡pues mira esto! –metió la mano en el corpiño del vestido y sacó un puñado de pañuelos de papel–. ¿Acaso has tenido que meterte papeles en el sujetador para evitar que se te cayera el vestido? ¿Has tenido que ver a tu madre, la mejor persona que conoces, casarse con un hombre que está por debajo de ella en todos los sentidos? Esto no habría pasado si ese canalla no la hubiera dejado embarazada...

Eve experimentó durante tres segundos un profundo alivio por haberse sacado aquello... y luego miró los pañuelos que tenía en la mano y tragó saliva. Entonces sintió deseos de que se la tragara la tierra. ¿En qué estaba pensando para contarle cosas tan privadas a un desconocido?

Alzó sus ojos verdes hacia el rostro de Draco.

–Si se lo cuentas a alguien...

–Te verás obligada a matarme. No te preocupes, tu secreto está a salvo conmigo.

Eve percibió el tono de sarcasmo.

–Cada vez me apetece más la idea –afirmó ella.

Draco olvidó la frialdad que tenía pensado utilizar con ella y sonrió.

–Tengo curiosidad, ¿guardas más pañuelos de papel ahí dentro o ya no tienes más?

Eve se llevó una mano al escote del vestido sin tirantes. Sin los papeles, Draco podía ver hasta la cintura, y estaba mirando.

–¡Eres odioso! –Eve miró el puñado de papeles y se los arrojó.

Él los agarró riéndose, pero lo cierto era que se había quedado impresionado ante la visión de aquellos pechos pequeños pero perfectos como manzanas maduras recubiertas de encaje. Imaginó cómo sería sentirlas en la mano, pero eso no iba a suceder porque Eve era una joven inocente. Pero ¿hasta qué punto?

No quería saberlo. De acuerdo, tal vez sí quería. Las vírgenes de su edad eran un poco como los unicornios, criaturas míticas.

–Y dime, ¿qué tienes en contra de Charles Latimer? –era un hombre de éxito, solvente, y según tenía entendido, no tenía vicios como el alcohol, las drogas o el juego.

–¿No sabías que ha tenido una aventura con mi madre durante años? Eso te convierte en un bicho raro –aseguró Eve con amargura.

–No me gustan los cotilleos, lo que sí sé es que las relaciones son complejas y es difícil juzgarlas desde fuera.

–Ellos no tenían una relación. Mi madre era su amante, no tiene por qué casarse con nadie y menos con él. Yo habría cuidado de ella. Quería hacerlo.

–Eres muy posesiva.

–Protectora –respondió Eve molesta.

–¿No crees que tal vez tu madre tenga derecho a tomar sus propias decisiones y cometer sus propios errores?

Ella le lanzó una mirada furiosa.

–¿Y tú qué tienes que ver con todo esto?

–Nada en absoluto. Pensé que te gustaría conocer mi punto de vista.

–Pues no –Eve se incorporó con dignidad y miró hacia la puerta que Draco estaba bloqueando–. Si no te importa... –le lanzó una sonrisa falsa. Los ojos le echaban chispas–. Y no te preocupes, sonreiré. Pero preferiría que no me vieran salir del baño de señoras contigo.

–Tal vez así el mundo te vea con otros ojos.

Eve entornó la mirada y afirmó con desprecio:

–Me verían como una fresca.

–No, me refería a que tal vez pensaran que tienes vida propia.

Ella contuvo el aliento ultrajada.

–Tengo una vida estupenda y me importa un bledo lo que la gente piense.

–Si eso fuera cierto, te daría igual que la gente te viera salir conmigo por esa puerta.

Eve apretó los dientes con expresión frustrada y le miró. No podía tener una expresión más petulante.

–Espera aquí.

–¿Tengo que contar hasta cien?

Eve respondió con un resoplido desdeñoso, alzó la cabeza y salió al pasillo.

–Gracias –le dijo sin darse la vuelta.

Draco no contó hasta cien. Se quedó pensando en lo que acababa de suceder. Repitió la escena en su cabeza, algunos fragmentos de conversación le hicieron fruncir el ceño, otros sonreír. Estaba claro que le había costado darle las gracias, y Draco sintió una punzada de culpabilidad porque sabía que no las merecía. Solo había respondido a la llamada de socorro de su hija. Solo había entrado allí por Josie, porque quería que pensara que era un buen hombre, pero en realidad no lo era. Si hubiera visto a una mujer histérica llorando en el baño, su reacción no habría sido ayudarla, sino salir corriendo en dirección opuesta.

Tenía la vida estructurada de modo que pudiera centrarse en lo importante. No se implicaba con nada.

Las mujeres que estaban fuera mirando el cartel de «no funciona» que había en la puerta le miraron con los ojos abiertos de par en par cuando salió.

Ignorando sus miradas de asombro, Draco despegó el aviso escrito con el lápiz de labios rosa de su hija y asintió.

–Ya está arreglado.

Y eso estaba bien. Eve Curtis tenía más implicaciones de las que había imaginado. El hombre que la conquistara necesitaría una medalla y un título de terapeuta.

Capítulo 5

DRACO se unió a su hija, que estaba sentada en una mesa vacía al lado de la pista de baile.

—El aviso de la puerta ha sido un detalle simpático.

—¿Va todo bien, papá?

—Muy bien —Draco extendió la mano para revolverle el pelo, pero Josie se puso de pie.

—Está disponible. Lo he comprobado.

Draco bajó la vista, pero no demasiado. En los últimos diez meses, su hija había crecido casi diez centímetros y había pasado de ser una niña dulce y algo regordeta de doce años a convertirse en una adolescente de trece esbelta y alta. De hecho ya había recibido dos ofertas para firmar un contrato como modelo.

Para Draco era un alivio que los planes que Josie tenía para su futuro no incluyeran convertirse en el rostro de ningún producto.

—¿Quién está disponible? —bajó la vista y se dio cuenta entonces de que su hija tenía un cóctel en la mano. Parpadeó y culpó a Eve por haberle distraído. Le quitó la copa—. Nada de eso, cariño.

—Tienes un problema de confianza, papá. Es un cóctel sin alcohol —Josie sonrió—. Pruébalo si no me crees.

—No, gracias —Draco frunció los labios con gesto de rechazo.

—Bueno, hablando de Eve, papá...

Draco sacudió la cabeza, luego miró a su hija a los ojos y preguntó a la defensiva:

–¿Qué pasa con Eve?

–Te he dicho que está disponible.

Su hija estaba de broma, pero entre broma y broma... Draco no estaba muy seguro, pero lo que tenía claro era que no quería seguir manteniendo aquella conversación.

–¿Ese chico es amigo tuyo? –miró hacia el joven que estaba avanzando por la pista de baile en dirección a su hija.

Al reconocer la mirada de advertencia, el chico cambió bruscamente de dirección.

–Buen intento, papá.

–¿Intento de qué?

–De cambiar de tema.

–¿A qué tema te refieres?

Josie puso los ojos en blanco antes de señalar con el dedo hacia el punto en el que estaba Eve.

–Está sola, deberías ir a hablar con ella. ¿O te da miedo? –preguntó su hija–. Conozco a muchos hombres a los que les da miedo el rechazo.

Draco, que no tenía mucha experiencia en rechazos, sonrió. Las revistas femeninas tenían respuestas para todo.

–¿Cómo sabes que a los hombres les da miedo el rechazo?

–Me lo ha contado Clare.

A Draco se le borró la sonrisa.

–¿Desde cuándo llamas Clare a tu madre? –le preguntó muy serio.

–Me lo pidió ella. Dice que ahora que soy más alta que ella se siente mayor si la llamo mamá –al ver la expresión de su padre, le puso la mano en el brazo–. No puede evitarlo, ¿sabes? Hay personas que son...

–Egoístas y egocéntricas –Draco frunció el ceño y lamentó al instante haber pronunciado aquellas palabras amargas.

Tras el divorcio, tomó la decisión de no hablar mal de su exmujer delante de su hija, y siempre se sentía culpable cuando lo hacía. No quería ser como esos padres que obligaban a sus hijos a tomar partido.

–Relájate, papá. No me estás diciendo nada que ya no sepa. Entonces, ¿tienes miedo? Has estado todo el día mirándola. Sí, papá, es la verdad. Eve es una tentación, tiene cerebro y belleza. Y antes de que digas nada...

–¿Qué crees que iba a decir?

–La belleza no es una cuestión de piernas largas y senos grandes, papá.

Siempre era bueno saber que tu propia hija te consideraba superficial y sexista.

–Soy consciente de ello.

–Y está claro que te gusta, así que no permitas que yo te entretenga. Adelante, papá.

–Muchas gracias.

Su hija ignoró la ironía.

–Creo que necesitas un reto.

–Ser tu padre es un reto diario.

–Soy mucho mejor hija de lo que te mereces –Josie sonrió.

Durante un instante volvió a ser su niñita, pero Draco apartó de sí la nostalgia y se recordó que nada dura para siempre.

–No voy a negarlo –le acarició la mejilla–. ¿Y si dejas que sea yo quien me preocupe de mi vida social, niña?

Josie frunció el ceño.

–Es que no quiero verte solo. No voy a quedarme para siempre en casa, y tú te haces viejo.

Sintiendo el peso de sus treinta y tres años, Draco

dejó que su hija lo sacara a la pista de baile. Eve ya se había marchado.

Tras llevarle el coche y las llaves a Draco, su chófer se subió en el asiento del copiloto al lado de su mujer. Draco se echó a un lado mientras el Mini se alejaba a toda prisa lanzando gravilla.

Sonrió al ver cómo el coche evitaba por los pelos chocarse contra una de las camionetas del catering. Draco se alegró de que su chófer fuera el marido y no su mujer.

Se dirigió hacia la mansión isabelina, que ahora estaba iluminada desde atrás gracias a la tecnología láser. Menos modernos pero igual de atractivos resultaban los árboles que rodeaban la casa y que habían sido artísticamente decorados con luces blancas para la ocasión.

No había ni rastro de Josie. Había dicho que tardaría cinco minutos cuando volvió a entrar hacía ya quince minutos para pedir que le prepararan una bolsa con sobras de la boda para su prima.

Un helicóptero despegó por encima de su cabeza y Draco suspiró. Habría sido más fácil regresar en el mismo medio de transporte con el que había ido, pero la última vez que aterrizó en el jardín de la granja en la que su hermana Gabby, exmodelo, vivía la bucólica vida de campo con su marido banquero, esta se quejó y dijo que las gallinas habían dejado de poner huevos por el susto.

A Draco no le pareció una explicación muy científica, pero no quería que se enfadara con él porque le ayudaba mucho con Josie, quedándose con ella cuando él estaba fuera de la ciudad. Así que decidió llevar a su hija en coche antes de volver conduciendo a Londres él mismo.

Ahora estaba esperando a Josie bajo un enorme

arce iluminado. Un minibús lleno de invitados proce-
dentes del pueblo partía en aquel momento, dejando a
tres figuras en el camino de gravilla.

–¿A quién ha llamado borracha? –gritó la mujer
que le había escrito su nombre en el brazo arrastrando
las palabras.

Otra se sentó en el suelo y se quitó los zapatos.

–Me duelen los pies. Louise, ¿por qué has tenido
que insultarle?

Draco se adentró más en las sombras y una expresión de desagrado cruzó sus patricias facciones. Se
llevó una mano a la nuca y giró la cabeza para intentar
aliviar la tensión de los músculos.

Estaba rotando los hombros cuando apareció una
figura en el iluminado umbral. No era Josie, pero también la conocía. No era difícil, porque llevaba todavía
el vestido de dama de honor, aunque cubierto por una
capita que le tapaba los hombros y se abrochaba al
cuello, ocultando todo lo demás.

Draco observó cómo miraba a derecha y a izquierda
como si buscara a alguien, y luego empezó a avanzar
en su dirección, aunque no podía verle.

No pudo evitar sentir un tirón en la entrepierna.
Suspiró y se adentró todavía más entre las sombras.
Su problema era que llevaba mucho tiempo sin tener
relaciones sexuales.

–Vaya, aquí está la pobrecita Eve.

El comentario despectivo de una de las mujeres le
llevó a salir de la oscuridad sin pensar. Se plantó al
lado de Eve en dos zancadas. Sin decir una palabra, la
agarró del brazo y la atrajo hacia sí.

Eve chocó contra él, sus suaves curvas se ajustaron
perfectamente a los ángulos de su cuerpo.

Estaba demasiado impactada para siquiera gritar;

abrió los ojos de par en par al mirar el rostro del hombre que la estaba sosteniendo. Dejó escapar un suspiro suave y se puso tensa cuando él le deslizó la mano libre por la cintura con gesto posesivo.

–¿Qué haces? –la pregunta demostraba que el cerebro le funcionaba. El resto de su cuerpo parecía funcionar de forma independiente. La sensual nube que le cubría el cerebro provocaba que le resultara difícil pensar, así que dejó de intentarlo.

¿Por qué molestarse en hacerlo si era una lucha que iba a perder? Porque quería saborearle, y no podía pensar en nada más.

Draco se inclinó un poco más y le rozó la mejilla con los labios sin apartar la mirada de la suya. Tenía una mirada hipnótica; Eve no habría podido romper el contacto visual ni aunque hubiera querido. Y no quería.

–Voy a besarte. ¿Te parece bien?

No. Solo era una palabra. ¿Por qué le costaba tanto trabajo pronunciarla? Era lo único que tenía que hacer.

–Nos van a ver –susurró en cambio.

–Esa es la idea, así que no digas nada, *cara*, y no sufras otro ataque de pánico.

El comentario despertó a Eve de su letargo.

–Yo no tengo ataques de pánico. ¡Suéltame! –fue una orden débil, pero al menos protestó. Así podría decirse más tarde que había intentado detenerlo–. ¿Qué crees que estás haciendo, Draco? –decir su nombre había sido un error, porque de pronto todo pareció más íntimo, más personal.

–Relájate y no me pegues, tenemos público. Voy a aclarar de una vez por todas las dudas que haya sobre tu sexualidad –le tocó un lado de la barbilla–. No mires.

Eve alzó la vista hacia él y la mirada apasionada de sus ojos provocó en Draco una oleada de poder.

–¿Mirar adónde? –Eve no podía seguir fingiendo que quisiera mirar a otro lado que no fuera él–. ¿Tú tienes alguna duda sobre mi sexualidad?

–Ninguna en absoluto –aseguró Draco contra sus labios.

–No tienes por qué hacer esto –pero por supuesto, si no lo hacía, ella moriría, aunque para las mujeres que les estaban mirando, parecía que se estuvieran besando de verdad–. No me importa lo que piensen.

–Lo cierto es que sí tengo por qué hacerlo –murmuró Draco con voz ronca.

Ambos jadeaban de tal modo que no podían distinguir la respiración de cada uno.

–Tengo ganas de besarte desde la mañana en la que me lanzaste el sujetador –susurró él–. Parece que hace años de eso. ¿Y bien?

–¿Y bien qué?

–¿Quieres saber lo que se siente?

La respuesta de Eve se perdió en el calor de su boca. Draco movió la lengua y los labios contra los suyos con sensual pericia. El peso del beso la llevó a apoyarse en el brazo que la sostenía. Se volvió a incorporar cuando Draco levantó la cabeza.

Seguía todavía muy cerca y ambos respiraban con dificultad. Un escalofrío recorrió el cuerpo de Eve.

–Así que esta ha sido tu buena obra del día... –murmuró.

Draco, que en realidad había estado luchando contra su instinto más básico para mantener aquel beso bajo control, se limitó a asentir. Había sido un error besarla; solo había servido para darse cuenta de lo que se estaba perdiendo y la deseaba más que nunca.

–Sí, y ahora que ya nos hemos dado el primer beso...

–volvió a inclinarse. El brillo de sus ojos la advirtió de sus intenciones.

Esta vez fue un beso diferente. Con menos control, menos delicadeza, con un salvajismo que asustó a Eve por un lado y por otro la excitó. Quería todo lo que Draco estaba haciendo y más. Aquella certeza la impactó y se arqueó contra él.

Podía sentir su excitación contra el vientre cuando se amoldó a ella, sellando sus cuerpos al nivel de las caderas. Entonces, sin dejar de devorarle la boca con la suya con intensidad, Draco empezó a mover sus grandes manos por su cuerpo.

Eve podía sentir el calor de su mano a través de la seda del vestido mientras la subía y la bajaba por el muslo. Al mismo tiempo, la otra le acariciaba y le moldeaba el tirante pezón.

No se le pasó por la cabeza que estaban a plena vista de cualquiera que pasara por allí. No podía pensar más allá del ardor que sentía entre las piernas, y cuando no pudo seguir soportándolo, le agarró de la nuca con las dos manos y lo atrajo hacia sí.

Le besó a su vez con urgencia, de un modo alocado similar al de Draco. Se colgó a él como una lapa mientras Draco se tambaleaba hacia atrás y trataba de mantener el equilibrio y ella le tiraba de la ropa con manos ávidas, llenándole de besos la cara y el cuello antes de volver a la boca.

Cuando le deslizó las manos bajo la camisa, Draco gimió. Luego le agarró las manos y se las apartó.

Se quedó algo retirado y la miró. La caricia de las manos de Eve por su piel había estado a punto de acabar con su autocontrol. La certeza de que su hija podría salir en cualquier momento fue lo que le hizo apartarse.

–Bueno, creo que con esto basta –jadeó tratando todavía de recuperar el control.

«Oh, Dios, Dios, Dios».

Aquel grito retumbó por su cerebro, pero por suerte, Eve mantuvo los labios cerrados mientras le veía meterse la camisa en la cinturilla del pantalón.

–¿Estás bien? –Draco sintió una repentina punzada de culpa al verla allí de pie tan frágil.

Eve dio varios pasos atrás y solo se detuvo cuando hizo contacto con un árbol. Alzó la barbilla y le dirigió lo que esperaba fuera un gesto de desprecio.

–No voy a tener relaciones sexuales contigo para demostrar que no soy lesbiana.

–Creo que eso ya ha quedado claro, porque tus amigas se han ido. Y es de buena educación preguntar primero, *cara*.

Eve no tenía defensa contra el sonrojo que le cubrió el rostro.

–Lástima que tú no preguntaras antes de abalanzarte sobre mí. Y puedes dejar eso de «*cara*». Es muy cursi.

–Para ser exactos, creo que los dos nos hemos abalanzado el uno sobre el otro –los ojos de Draco echaban chispas–. Y sinceramente, no esperaba que las cosas fueran a ser así –miró hacia atrás–. Lo siento, pero Josie podría salir en cualquier momento.

Y ella que creía que no podría sentirse más humillada...

–Solo ha sido un beso –afirmó agitando la cabeza.

Draco alzó las cejas y soltó una carcajada seca.

–Si crees que eso ha sido solo un beso, estoy deseando ver cuál es tu versión de «solo sexo», *cara*.

–¡No va a haber nada de sexo! ¡Nada en absoluto! –Eve se giró sobre los talones y escuchó cómo se reía entre dientes a su espalda.

Capítulo 6

SI SU madre hubiera estado allí, aquello no habría ocurrido, porque la habría mirado y le habría prohibido conducir en aquel estado. Pero no estaba allí, sino de luna de miel con su recién estrenado marido.

Eve soltó un suspiro victimista mientras caminaba fatigosamente. Decidió seguir hasta la siguiente curva en lugar de volver a la puerta de la casa de Charles Latimer. Le resultaría muy frustrante darse la vuelta y enterarse más tarde de que estaba a menos de un kilómetro de la carretera principal, donde podría encontrar ayuda o donde al menos habría señal para llamar.

Estaba intentando otra vez comunicarse por teléfono cuando escuchó un coche a lo lejos y sintió una punzada de alivio. Pero cuando la luz distante se convirtió en un foco, el alivio se transformó en aprensión. Entonces aspiró con fuerza el aire. En la vida real no era frecuente encontrarse con un maniaco homicida, y ella no pensaba entrar en el coche de ningún desconocido. Solo quería preguntar si podían llamar a un taller local para que fueran a recogerla a ella y a su coche. Sí, aquella era la opción más sensata.

El coche aminoró la marcha y Eve siguió caminando en la oscuridad tratando de aparentar seguridad.

–¿Estás completamente loca?

No fue el comentario, sino la voz conocida lo que

la llevó a girar la cabeza hacia el conductor del coche. El estómago le dio un vuelco y la cabeza se le llenó al instante de imágenes de su boca en la suya, del tormento de sus labios cálidos... tuvo que hacer un esfuerzo enorme por controlar su imaginación y sus hormonas.

El motor seguía en marcha cuando Eve aspiró con fuerza el aire y se llevó una mano a la cara para protegerse del resplandor de los focos. La puerta del conductor se abrió y Draco salió del coche.

No podía verle la cara, pero su lenguaje corporal hablaba por sí solo. Tenía una expresión rígida y furiosa.

Eve estiró los hombros. Parecía que hubiera una conspiración cósmica para arrojarla continuamente al camino de aquel hombre.

–¿Qué estás haciendo aquí? –le preguntó con petulancia–. ¿Me estás acosando?

–Si ese fuera el caso, me lo estarías poniendo muy fácil.

–¿Me estás llamando fácil? –«Eve, ¿por qué no te callas?», se dijo con un gemido silencioso.

–¿Fácil? –repitió él mirándola fijamente–. No, eres muy difícil. Métete en el maldito coche.

–No hace falta, gracias, no quiero ser una molestia, solo necesito que llames a un taller.

Draco alzó las cejas y sacó el móvil del bolsillo. Lamentó que dejarla allí en medio de la carretera no fuera una opción.

Pero era mentira. No le había emocionado la idea de hacer el amor en un coche desde que era adolescente, pero por alguna razón aquella mujer con sus labios carnosos y sus ojos ávidos le había hecho vibrar de un modo inusual. Después de todo, ¿qué sentido tenía analizar algo que no era más que sexo? Sobre todo porque sabía que con ella el sexo sería estupendo.

–¿Has oído hablar alguna vez de los teléfonos móviles? –Draco le tendió el suyo.

–¿Y tú has oído hablar de las zonas en las que no hay señal? –respondió ella.

¿Acaso pensaba aquel hombre que era idiota?

«No, Eve, solo piensa que eres fácil. Y con razón».

La puerta se abrió a aquel recuerdo todavía salvaje y reciente, todavía tan excitante que la sumergió en una ola de deseo. La única defensa posible fue meterse las temblorosas manos en los bolsillos y apartar la vista.

No recordaba haberse sentido tan fuera de control desde... desde nunca. No le gustaba, y tampoco le gustaba él. O mejor dicho, le odiaba.

Draco frunció sus oscuras cejas mientras guardaba otra vez el móvil en el bolsillo sin mirarlo. Estaba tratando de no fijarse en los visibles temblores que sacudían su delicada figura.

–¡Entra! –le ordenó combatiendo una irracional oleada de ternura que se mezcló con el deseo que todavía le corría por la venas.

Era un gran error equiparar lo pequeño y delicado con lo vulnerable y necesitado de protección. Eve era dura como una roca.

O eso quería ella que pensara el mundo.

–A menos que prefieras ir andando. O quedarte sentada esperando a un asesino en serie.

La mirada de desprecio que le dirigió Eve desde los pies se detuvo en la cintura. En algún momento, igual que ella, Draco se había cambiado. Los vaqueros oscuros que ahora llevaba le quedaban tan bien como los pantalones del traje que se había puesto por la mañana, aunque el corte de los vaqueros le enfatizaba las estrechas caderas y los fuertes muslos.

Draco suspiró y dijo:

–Entra, Eve. Tengo mejores cosas que hacer que estar aquí discutiendo tonterías.

Eve, que se estaba tambaleando un poco, parpadeó. Sentía una oleada de puro deseo que le provocó impaciencia. ¿Y qué si aquel hombre sabía cómo besar? Soltó un suspiro de rendición. Dada su situación, debía ser práctica. Así que aceptó que la llevara. ¿Qué era lo peor que podía pasar?

Se apartó un mechón de cabello castaño de los ojos.

–Es muy amable por tu parte –sus ojos conectaron y Eve guardó silencio. El corazón empezó a latirle con fuerza. En la mirada de Draco no había nada que pudiera considerarse amable.

–No soy amable.

Eve sacudió ligeramente la cabeza y volvió a apartarse los mechones de la cara con impaciencia.

Draco, que estaba sentado tras el volante, se inclinó, se quitó la chaqueta y la puso en el asiento del copiloto antes de que ella se reclinara. La mano de Draco le rozó el hombro, y aquel leve contacto le produjo una corriente eléctrica.

Eve había sobrevivido a su mirada, e incluso había reconocido su acción asintiendo brevemente con la cabeza a pesar de la confusión de su mente.

Cuando Draco arrancó el motor se escuchó una balada de jazz clásica. Eve suspiró y se cubrió la boca con la mano para disimular un suspiro de alivio. No tendría que mantener ninguna conversación.

Entonces Draco apagó la radio.

Llevaban unos minutos en el coche cuando él rompió el silencio.

—¿Quieres abrocharte la chaqueta?

Eve no resistió el infantil impulso de cuestionar todo lo que le decía.

—¿Por qué? No tengo frío.

El comentario provocó en él una risotada contenida, pero Eve giró la cabeza y torció el gesto.

—No veo la ironía.

—Te ganas la vida vendiendo ropa interior, pero no te pones tus propios productos.

Eve estaba cansada y estresada, y tardó un rato en entender lo que quería decir. Entonces agarró los extremos de la chaqueta y los unió.

—Te refieres a que no soy modelo de lencería. Bueno, pues para que lo sepas, la mayoría de las mujeres no lo son. Yo hago ropa interior para mujeres normales.

—La haces pero no te la pones.

—Yo... me he sometido a una intervención menor y me molestan los tirantes del sujetador —el médico australiano la había tranquilizado diciéndole que el lunar tenía aspecto benigno, pero que era mejor extirparlo para analizarlo.

—¿Menor?

—Me han quitado un lunar, pero no es nada grave.

Draco la miró de reojo.

—Con lo blanca que eres, deberías ponerte protección cincuenta.

—No soy idiota.

—Eso es discutible —lo que no era discutible era que su pálida y suave piel resultaba deliciosa—. Estadísticamente hablando, alguien con tu tono de piel...

—¿Sabes lo aburrida que es la gente que habla citando estadísticas?

Draco adoptó una expresión confundida mientras miraba por el espejo retrovisor.

–Yo no cito estadísticas, me las invento –reconoció–. Nadie se da cuenta y quedo como una persona inteligente e informada.

–¿De verdad?

–Sí –le confirmó Draco–. Deberías probarlo. Te sorprendería ver qué poca gente cuestiona una estadística.

Eve se mordió el tembloroso labio, pero, a su pesar, no pudo contener una carcajada.

Tenía una risa maravillosa cuando no se mostraba amargada y sexualmente frustrada. Ahora le costaba trabajo creer que hubiera pensado que era virgen. Se dio cuenta de que Eve Curtis podía ser divertida fuera de la cama, aunque su interés no iba más allá del dormitorio, se recordó.

Ella se secó los ojos y se giró hacia él.

–Entonces, la próxima vez que vaya perdiendo una discusión, me inventaré alguna estadística.

–Tienes que contar con un elemento realista y tienes que creerte lo que dices.

–Te refieres a que hay que saber mentir –señaló Eve.

–Eso por supuesto.

–Como tú.

–Podría decir que siempre digo la verdad, pero mentiría.

Eve reconoció el cruce al que se estaban acercando. Era donde siempre temía confundirse y terminar en Gales.

Le dijo a Draco la zona donde vivía, pensando que le preguntaría más datos. Pero no lo hizo. Estaba claro que era una de aquellas personas que tenían un navegador interno. Hasta que no estuvieron a una calle de donde vivía Eve no preguntó más detalles.

–Es en la siguiente curva... te la acabas de pasar. Nos han cortado la luz de las farolas, es parte de los recortes del ayuntamiento –dijo Eve a modo de disculpa.

Se desabrochó el cinturón de seguridad, incapaz de disimular el alivio que sentía al saber que el trayecto había tocado a su fin. Pero ahora se daba cuenta de que tal vez había exagerado. Los machos alfa no eran lo suyo; el beso de antes no había significado nada para ella, y nada de lo sucedido aquel día era lo suyo.

Por suerte, mañana sería otro día, un nuevo comienzo. Se giró hacia Draco.

–Bueno, gracias. Por traerme –aclaró para que no hubiera dudas.

No perdonaría aquel beso, pero tenía toda la intención de olvidarlo, o al menos restarle importancia.

–Te acompaño.

Eve agarró el picaporte de la puerta.

–No hace falta. Sé cuidar de mí misma. Mira, aquí tengo la llave –sacó la mano vacía del bolsillo interior del bolso, donde siempre las guardaba–. Tiene que estar por aquí, en alguna parte...

Unos minutos más tarde, tras haber vaciado dos veces el bolso entero, quedó claro que las llaves estarían en alguna parte, pero, desde luego, no en aquel bolso.

–Has perdido las llaves. A veces pasa.

Las palabras tranquilizadoras de Draco no la tranquilizaron.

–¡A mí no! Las tenía cuando levanté el capó para ver qué le pasaba... –Eve se cubrió la cara con las manos y gimió–. Oh, Dios mío, me las he dejado en el coche...

–Solo son llaves.

Eve dejó caer las manos.

–No eres tú quien se ha quedado tirado.

–¿Tienes otro juego, algún vecino al que le hayas dejado la llave?

–Sí, pero... –Eve sacudió la cabeza–.Tienen un bebé y James trabaja esta noche. No puedo llamar a la puerta de su casa y despertar a Sue y al bebé a estas horas de la noche.

Eve no se lo podía creer. Había vivido un montón de momentos bajos durante aquel día, y Draco había sido testigo de todos ellos.

–¿Te importa dejarme en un hotel? –Eve abrió el espejito compacto y volvió a cerrarlo sin mirarlo antes de guardarlo en el bolso de nuevo. Había cosas que era mejor no saber.

Bajo la fina capa de alegre bravuconería, estaba claro que Eve había llegado al límite. Draco la miró en pensativo silencio y se sintió tentado a hacer lo que le pedía. ¿Y por qué no? Eve no era responsabilidad suya y tenía más en común con un felino feroz que con un gatito asustado.

Pero estaba claro que había tenido un día infernal, así que finalmente su conciencia pudo más... ¿o sería su libido?

–Sé que soy una molestia.

Draco la miró de reojo. Parecía agotada, y experimentó una punzada de simpatía que acabó con él.

–Sí –sin decir una palabra, arrancó el motor.

Eve apretó los labios y se sintió considerablemente menos culpable. El encanto no era precisamente el fuerte de Draco. Tras la debacle de las llaves, buscó disimuladamente en la cartera para asegurarse de que tenía todavía las tarjetas de crédito. Resistió la tentación de volver a comprobarlo. Draco ya pensaba que era un caso perdido, así que, ¿para qué confirmárselo?

Afortunadamente, el camino de regreso a Londres no se hizo muy largo debido a la potencia del coche de Draco, y él no mostró ninguna inclinación a hablar, lo que supuso una bendición. Eve le miraba de vez en cuando de reojo y tenía una expresión fría y remota.

No reconoció la zona en la que terminaron; era un vecindario tranquilo y ultraexclusivo. Draco se detuvo frente a un edificio de portal victoriano con vistas a una plaza ajardinada. Aquel lugar debía de ser muy caro, pero en aquel momento a Eve no le importó.

–Estupendo –Eve se desabrochó el cinturón–. Siento haberte causado tantos problemas –aseguró con formalidad. Pero entonces guardó silencio. Estaba hablando sola.

Draco salió del coche antes de que la tensión le rompiera la mandíbula. El cínico que había en él quería pensar que Eve era consciente del efecto que causaba con aquellas miradas de reojo, pero sabía que no lo era. Aquella mujer no tenía doblez, lo que la hacía todavía más peligrosa. No estaba acostumbrado a tratar con mujeres así.

Eve se reunió con él a medio camino de los escalones de la impresionante entrada del hotel. No fue consciente de lo que pasaba hasta que le vio meter una llave en la cerradura.

–Esto no es un hotel.

Una media sonrisa asomó a los labios de Draco cuando la miró. Parecía todavía más alto de lo que era porque estaba subido a un escalón.

–Me gustan los debates intelectuales como al que más, pero es tarde, estoy cansado y tú tienes un aspecto... terrible –afirmó observando su expresión cansada.

–Tú tampoco estás para tirar cohetes –la respuesta le había parecido fría y cortante al pensarla, pero ahora sonó infantil e impertinente.

Y además, era una gran mentira. La barba incipiente y los pelos de punta de la cabeza, consecuencia de su hábito de pasarse la mano por el pelo cuando se desesperaba, no le restaban ni un ápice de atractivo.

Eve dirigió la mirada hacia la mano que tenía Draco en la puerta. Tenía unas manos bonitas, pensó, fuertes y grandes. Apartó los ojos, pero el calor continuó expandiéndose por su cuerpo. No entraría en aquella casa por nada del mundo.

–Ha sido un día muy largo.

–No veo la relación entre mi aspecto y el hecho de que no me lleves a un hotel.

–Aunque te parezca mal, he pensado que esto sería lo mejor para ti.

–Así que has tomado una decisión unilateral y esperas que yo esté de acuerdo –pasar la noche bajo el mismo techo que él le provocaba un pánico irracional. Ni que fuera a pedirle que pagara la posada con su cuerpo–. ¡Llama a un taxi! –le pidió. El pánico hizo que sonara a orden.

Draco entornó la mirada. Estaba harto de hacer lo que ella decía.

–*Madre di Dio!* –murmuró apretando los dientes.

Eve se lo quedó mirando con los verdes ojos muy abiertos. Tenía un acento tan perfecto que había olvidado que no era británico, pero en aquel momento era imposible no percibir su herencia latina.

–¡Haz lo que quieras! Pasa la noche en una fría habitación de hotel, pero ahórrame el drama. Y llama tú misma al maldito taxi.

–¡Lo haré! –Eve le vio entrar al vestíbulo y, sin previo aviso, su enfado se mezcló con una sensación de culpabilidad al ver de pronto el día a través de sus ojos.

Se le pasaron por la cabeza imágenes de sí misma. Desde luego, aquel día no se había cubierto de gloria.

Como primera impresión, vaciar la bolsa de muestras de lencería delante de él se llevaba la palma. Y luego estaba el ataque de llanto en el baño de señoras, contándole Dios sabía qué. No quería recordarlo. Y luego había convertido lo que se suponía que debía ser un beso falso en una competición. Y cuando Draco pensó seguramente que todo había terminado, tuvo que rescatarla de su deambular por la campiña de Surrey. Eve aspiró con fuerza el aire y lo siguió al interior de la casa.

—Lo siento, tienes razón. Yo no soy esa mujer —de pronto le pareció importante que lo supiera.

—¿Qué mujer?

—La de hoy. Normalmente no lloro como una niña, no necesito que me rescaten y puedo llamar yo misma a un taxi.

—Tal vez puedas también resistir la tentación de querer hacerlo todo tú sola siempre.

Se hizo un breve silencio durante el que Draco supo que estaba librando un debate interno, y finalmente Eve asintió.

—Gracias. Te agradeceré mucho una cama en la que poder pasar la noche —debía de haber al menos una docena libres en aquella casa si el recibidor era indicativo de algo—. Espero que no sea mucha molestia.

Draco observó cómo miraba a su alrededor, como si esperara que apareciera un ejército de criados.

—Esta noche estamos solos. ¿Ocurre algo? ¿Te da miedo estar a solas conmigo?

–No seas tonto –si tuviera una pizca de sentido común, sí le daría miedo. De hecho, ni siquiera estaría allí, estaría en una habitación de hotel. Pero había capitulado con demasiada facilidad ante su sugerencia.

–¿Te da miedo, Eve?

Ella apartó aquel pensamiento de su cabeza.

–Solo pensé que tal vez podría haber alguien esperándote levantado.

Draco pareció encontrar divertida la idea.

–No tenemos servicio interno.

–¿Como mi madre, quieres decir? –le espetó Eve.

–No conozco a tu madre –aseguró Draco encogiéndose de hombros–. Y nunca se me ocurriría juzgar a nadie por lo que hace.

Eve se sonrojó ante la reprimenda.

–Bueno, eso te convierte en alguien único, o tal vez te guste pensar que no tienes prejuicios, pero, si tu hija te anunciara que se va a casar con el reponedor del supermercado del pueblo, sospecho que no serías tan tolerante.

–Mi hija tiene trece años. No me gustaría que me dijera que se va a casar ni aunque fuera con el príncipe Enrique. Tengo curiosidad, ¿eres siempre así de cínica?

Mientras hablaba, Draco le abrió la puerta que tenía a la derecha y, tras una pausa, Eve aceptó la silenciosa invitación y pasó por delante de él.

La habitación en la que entraron no era enorme. Tenía una chimenea llena de velas apagadas, bonitas obras de arte en las paredes y una cara mezcla de mobiliario moderno y antigüedades.

Era simple y sin complicaciones, no como el hombre que vivía allí.

Deslizó la mirada hacia Draco, que se había acercado a un mueble bar del que sacó una botella y un vaso.

–Me gustan las cosas sencillas. La señora Ellis, el ama de llaves, está todo el día, pero no vive aquí, y mi chófer...

–Lo entiendo. Las cosas sencillas.

Draco se sirvió un dedo de brandy y lo apuró de un trago.

–Lo siento, ¿quieres una copa?

Ella asintió.

–Sí, por favor. Tienes una casa preciosa. ¿Llevas mucho tiempo viviendo aquí?

–Desde el año pasado. Antes de eso pasaba la mitad del tiempo aquí y la otra en Italia. Pero mi hermana se casó con un británico y su hija, Kate, es de la edad de Josie. Cuando empecé a buscar colegio para Josie, me recomendó el de Kate –Draco alzó una ceja–. Pero esto no te interesa nada, ¿verdad? Lo que estás pensando es si voy a intentar ligar contigo.

Eve se sonrojó hasta la raíz del pelo y le dio un largo sorbo a su brandy.

–Yo por mi parte me pregunté si tú vas a intentar ligar conmigo.

Eve sostuvo el vaso con las dos manos y le miró por encima del borde. Le lloraron los ojos cuando el brandy le pasó por la garganta y le provocó una punzada de calor en el estómago.

–Tu mente funciona de un modo muy extraño.

–Y tú tienes muy buen cuerpo, y para ser diseñadora, tu forma de vestir es... interesante.

Aquello era un insulto y un halago. ¿A cuál de los dos debía responder? Al final decidió que a ninguno de los dos.

–Es tarde, así que si no te importa...

–Te mostraré el camino.

La puerta era enorme, como todo lo demás de la

casa, y Eve se encogió para hacerse todavía más pequeña al cruzarla, como si tocarle pudiera provocar un incendio. Molesta consigo misma, al cruzar el umbral alzó la cabeza y echó los hombros hacia atrás. Estaba actuando como si fuera víctima de sus propias hormonas, su contacto no tenía por qué provocar una reacción en cadena si ella no lo permitía.

Siguió a Draco por la enorme escalera de caracol. El corazón le latía con fuerza. Cuando él llegó a la planta de arriba, señaló hacia la derecha sin girarse.

—Yo subiré un piso más. Las suites de invitados están por ahí. Escoge la que quieras. Menos las dos últimas. Clare utiliza la del fondo cuando se queda y mi madre deja algunas cosas en la de al lado.

Draco se fijó en cómo le miraba y dijo:

—Clare es mi exmujer.

Una exmujer que se quedaba a dormir. Qué civilizado. Eve se preguntó si no lo sería demasiado.

—No, no nos acostamos.

Eve abrió los ojos de par en par ante la habilidad que tenía para leerle el pensamiento.

Capítulo 7

RELÁJATE, no sé leer la mente. Pero eres increíblemente transparente y, en respuesta a ese pensamiento, no va a pasar nada entre nosotros esta noche. A menos que tú quieras...

Eve se dio cuenta de que era un desafío, no una invitación. Pero ¿y si fuera esto último?

Se formuló la pregunta en la cabeza antes de que pudiera evitarlo. Se sentía atrapada entre la ira y...sacudió la cabeza, negándose a reconocer que lo que sentía en la boca del estómago era excitación. Aquella afirmación abriría demasiadas puertas que no quería cruzar.

—Antes has dicho que tú no eres ese tipo de mujer, de las que lloran y necesitan un hombro y que las rescaten.

Eve sacudió la cabeza. Tenía miedo de estar entrando en alguna especie de trampa.

—No.

—Entonces, dime, ¿cómo eres?

Eve apartó la vista y evitó su penetrante mirada. Se encogió de hombros para disimular su confusión. Antes de aquel día podría haber respondido a aquella pregunta con total seguridad, pero hoy habían quedado en tela de juicio muchas cosas que antes daba por sentadas, y aquel no era el momento de pensar en ellas. Tenía que mantener la concentración.

¿En qué?

Sintió un escalofrío de incomodidad en la espina dorsal. Estaba a punto de caer en el pánico. Siempre había sabido lo que quería y había ido a por ello, eso le proporcionaba estabilidad.

Echó la cabeza hacia atrás para mirarlo y soltó un suspiro de alivio porque sentía que ya hacía pie.

–Soy... sensata.

Esperaba que Draco se riera, pero no lo hizo.

–¿Y es divertido ser sensata?

Eve estaba dispuesta a defender el sentido común, tan devaluado, pero cuando le miró a los ojos experimentó una punzada de deseo que fue seguida al instante por un arrebato de ira.

–Creo que tenemos ideas distintas sobre la diversión.

A Draco le importaba un bledo lo que la gente pensara de él, y eso había sido una ventaja durante muchos años. Perder los nervios era una distracción que normalmente no se permitía.

No reaccionaba ante los insultos, normalmente no le costaba trabajo mantener la calma, pero el gesto de desprecio de Eve le tocó el nervio.

–Bueno, creo que tenemos algunos puntos en común, *cara* –Draco abrió la puerta mental que había cerrado y permitió que los recuerdos surgieran como una ola. Las pequeñas y ávidas manos de Eve deslizándose sobre su piel, los gemidos que emitía cuando la besaba. Un latigazo de deseo le atravesó el cuerpo, dejándole sin respiración.

Eve no supo si era una amenaza disfrazada de invitación o una invitación disfrazada de amenaza, pero no le importaba. Lo que le importó fue la respuesta de su cuerpo.

Fue el orgullo lo que evitó que diera un paso atrás cuando él lo dio hacia delante exudando ira, arrogancia y masculinidad. Poco tiempo atrás, semejante sugerencia habría provocado en ella una respuesta burlona, ahora le provocó un ilícito escalofrío de emoción. Se lamió los labios, que sabían a brandy, pero el zumbido de su cabeza no tenía nada que ver con el alcohol. La oscura mirada de Draco era más potente y más destructora que una botella de licor.

Draco vio cómo se le dilataban las pupilas y sonrió satisfecho. Le pasó la mano por la nuca y clavó la mirada en su boca. No recordaba cuándo fue la última vez que deseó tanto a una mujer.

Deslizó los dedos por su sedoso cabello y se encontró con una barrera de horquillas. Le quitó una y la dejó caer al suelo. Y luego hizo lo mismo con otra.

Eve abrió los ojos de par en par con gesto de alarma y luego los entrecerró. Dejó escapar un suspiro entre los labios entreabiertos.

—No voy a tener sexo contigo —le costó trabajo decir aquellas palabras, pero tenía que hacerlo. Cuando por fin tuviera relaciones sexuales sería con un hombre con el que se sentiría cómoda, un hombre con el que pudiera...

—Me alegra saberlo —murmuró Draco—. Pero así está bien —le deslizó un dedo por la oreja—. ¿A ti te parece bien?

A Eve le parecía tan bien que casi dolía.

Trató de recuperar la línea del pensamiento anterior: un hombre al que pudiera... controlar. Sacudió ligeramente la cabeza y se puso una palma en la mejilla.

Aquello no sonaba bien.

No, no deseaba controlar a su futuro amante, solo quería controlarse ella misma.

Draco encontró otra horquilla y ella vibró con más fuerza que nunca.

Controlada como en aquel momento, se burló de ella una voz interior.

Eve cerró los ojos en un esfuerzo por dejar atrás los pensamientos y sintió el contacto de sus labios en los párpados como una brisa ligera.

Draco le sostuvo el rostro entre las manos, alzó la mirada y vio cómo su melena cedía a la gravedad y le caía en brillantes rizos sobre la espalda.

La respiración jadeante de Draco la llevó a abrir los ojos. Sentía los párpados pesados, pero ella se sentía ligera, como si estuviera flotando.

–Esto es muy raro.

Draco sonrió de un modo que la hizo estremecerse.

–Se supone que tiene que ser placentero.

Eve tragó saliva y, con los ojos abiertos de par en par, susurró:

–Y lo es.

Entonces Draco la besó lenta y profundamente, sosteniéndole la cara, acariciándole la cabeza con sus largos dedos. Eve entreabrió los labios bajo su presión y Draco se hundió más en su boca, tomándose su tiempo, devorándola y saboreándola. El posesivo embate de su lengua provocó que la chispa se convirtiera de pronto en fuegos artificiales.

Eve le deseaba más de lo que había deseado nunca nada en su vida. Cegada por el deseo, se puso de puntillas para tener mejor acceso a él.

«Tú no eres así, Eve».

La voz de su cabeza estaba equivocada porque sí era ella, y eran sus dedos los que se enredaron en la tela de su camisa, y era ella la que le besó a su vez con pasión y ferocidad. Draco le enredó una mano en el pelo, la otra se la puso en la cintura como una banda de hierro que la levantó del suelo mientras le hundía la lengua más profundamente en la boca, provocando un gemido suave en ella.

Eve apenas era consciente de que se habían estado moviendo todo el rato, caminando, tambaleándose, besándose, la boca de Draco en la suya. Cuando toparon con un pedestal en el que había una vasija china, la pieza de porcelana salió volando.

—¡No! —un dedo en la mejilla evitó que Eve girara la cabeza hacia el estrépito—. No pasa nada —jadeó, desesperado por no romper la atmósfera.

Eve se lo quedó mirando y dejó de pensar en la porcelana rota. Dejó de pensar en nada que no fuera el aquí y ahora. Todo su mundo estaba allí, el rostro de Draco, su calor, y aunque el techo se hubiera caído encima de su cabeza no se habría dado cuenta.

Quería tocarle, saborearle... estaba temblando de deseo de los pies a la cabeza.

—No pasa nada —murmuró Draco rozándole la nariz con la suya—. Me encanta tu boca —le deslizó la lengua por el contorno de los labios hasta que ella la abrió más, invitándolo a profundizar en su erótica invasión.

Cuando llegaron a la puerta del dormitorio de Draco, los botones de su camisa ya habían cedido ante la presión de Eve. Ella se tambaleó, pero antes de que perdiera el equilibrio, Draco la tomó en brazos y entró al dormitorio. La impaciente patada que pegó hizo que la puerta chocara contra la pared, pero Draco no se fijó en cómo tembló el cuadro que había colgado cuando volvió a cerrar con el pie.

Se dirigió a la cama y apartó la colcha para dejar

al descubierto unas sábanas blancas. Entonces la colocó sobre la fresca seda.

Eve se colocó de rodillas. La gloriosa melena le caía por la espalda y sus ojos esmeraldas brillaban con pasión. Estaba tan hermosa que Draco tuvo que hacer un esfuerzo por no hundirse en ella y sentir cómo se enredaba a su alrededor. Pero el placer de Eve era tan importante para Draco como el suyo propio, y tenía que asegurarse de que estuviera lista para él.

Arrodillada en la enorme cama, Eve hizo un esfuerzo para pasar el nudo que se le había formado en la garganta mientras veía cómo Draco se quitaba la camisa.

Le deseaba. ¿Cómo era posible que estuviera mal algo que la hacía sentir tan bien? Agarró los extremos del cinturón de Draco, que colgaban de las trabillas del pantalón.

Él sonrió cuando Eve tiró de ellos, sin resistirse a la presión que le llevó al otro lado de la cama en la que ella estaba arrodillada. Eve siguió mirándole fijamente, era perfecto.

Le miraba con una mezcla de fascinación y deseo. Nunca había visto nada tan bello. No le sobraba ni un gramo de grasa y tenía los músculos perfectamente definidos, el vientre liso y el pecho ancho y poderoso como el de una escultura clásica. Pero la piel no era de piedra, sino de bronce dorado.

Draco deslizó el cinturón por las trabillas y lo dejó caer al suelo, pero se dejó los pantalones colgando de las estrechas caderas y la agarró de las muñecas.

—Voy a desvestirte ahora.

Eve experimentó un espasmo de incertidumbre, pero lo contuvo. Aquel hombre podría tener a la mujer que quisiera y estaba claro que la quería a ella.

No tuvo muy claro que Draco viera siquiera cómo asentía.

Eve se quedó allí tratando de recuperar el aliento y temblando cuando Draco le agarró la parte de debajo de la camisa y se la sacó por la cabeza, dejándola caer al suelo. Debajo no tenía nada más que una delgada combinación.

–Mírame, Eve.

Como no lo hacía, Draco se puso de rodillas a su lado y le levantó la barbilla con la mano para obligarla a mirarlo.

–Eres preciosa.

Ella se estremeció cuando le cubrió el seno con una mano y le deslizó el pulgar por el turgente pezón que sobresalía bajo la fina tela. Aquella sensación, unida a la expresión de su mirada, acabó con todas las dudas de Eve.

Respondió a la presión de su mano apoyándose en la pila de almohadas. Draco se las quitó con un gruñido de impaciencia hasta que se quedó tendida y recta con él cerniéndose sobre ella. Se besaron con pasión.

Eve se quedó allí tumbada mientras él le quitaba con pericia el resto de la ropa, dejándola expuesta a su hambrienta y ardiente mirada. Siguieron besándose, y cuando Eve alcanzó el punto en el que no pudo más, Draco se incorporó, se bajó la cremallera de los pantalones y se los quitó sin apartar los ojos de ella. Luego siguieron los calzoncillos.

–Oh, Dios mío.

Draco se rio y le acarició la comisura de la boca con el pulgar. Luego hundió los labios en los suyos y

bebió de su dulce sabor, saboreando el erótico movimiento de su lengua contra la suya.

–Quiero saborearte entera.

Su voz era como el humo, se disipó por todos los
rincones de su cuerpo.

–Relájate y disfruta, *cara* –le susurró él al oído.

La intimidad de sus caricias, la efectividad de su
lengua en la boca, deberían haber escandalizado su sen-
sibilidad de virgen, pero Eve solo sentía placer al fro-
tarse contra su mano y su boca, permitiendo que la llevara una y otra vez hacia la cima.

Cuando cerró la mano sobre la sedosa y dura firmeza de su virilidad, Draco contuvo el aliento y gimió:

–Tengo que hacerte mía ahora, Eve.

Ella abrió las piernas en silenciosa invitación, y
cuando Draco se le puso encima, alzó las caderas para
abrirse más a él. El primer embate la dejó sin aliento,
pero cuando empezó a moverse, Eve se dio cuenta de
que había más... y con cada sucesivo embate, Draco
fue penetrándola más y más profundamente.

Cuando alcanzó el clímax, fue algo tan intenso que
el grito de Eve compitió en ferocidad con el gemido
que surgió del pecho de Draco.

Capítulo 8

QUÉ haces?

Eve miró hacia la cama y al instante se arrepintió, porque Draco tenía un aspecto deliciosamente desaliñado.

–Vestirme –murmuró ella.

–¿Y por qué estás envuelta en la colcha?

–Porque tengo frío –lo tendría después de darse una ducha fría.

–Bien, porque durante un momento pensé que te daba vergüenza que te viera desnuda.

Eve sintió que se sonrojaba hasta las orejas. Draco tenía razón, aquello era absurdo. Él se había levantado de la cama completamente desnudo un poco antes y parecía muy relajado. Pero la idea de que la viera desnuda a plena luz del día hizo que se cubriera con la colcha.

–No seas tonto –murmuró.

–Teniendo en cuenta que no he dejado ni un solo rincón de tu cuerpo por explorar...

Así era. La había besado incluso en la pequeña y reciente cicatriz del lunar diciéndole que él también tenía una. Se la había hecho en un accidente de esquí. Ella también se la había besado. Apartó de sí aquel recuerdo, pero no pudo apartar el calor que todavía le latía en la pelvis.

–Mira, es un hecho que lo de anoche ocurrió y no

voy a fingir que no fue así –aseguró Eve. La segunda vez que hicieron el amor fue todavía más intensa que la primera, porque ella se había animado a explorar su cuerpo mientras Draco la instruía sobre cómo complacerle–. Pero...

–¿Te arrepientes? –le espetó él con tono seco.

–No, pero hoy es otro día.

Draco dejó escapar un largo silbido entre dientes.

–Vaya, eso es muy profundo.

En respuesta a su sarcasmo, Eve giró la cabeza con firmeza con la intención de soltar una respuesta ácida. En aquel momento, como si fuera un enorme gato, Draco se estiró. Distraída por el movimiento de los tirantes músculos de su vientre, estuvo a punto de dejar caer la colcha.

–Todavía no me has contado cómo es posible que yo sea tu primer amante –¿por qué una mujer tan sensual como Eve había llegado hasta allí sin acostarse con ningún hombre? Aquello desafiaba a la lógica, pero no iba a protestar porque él había salido beneficiado–. ¿No se te ocurrió pensar que a un hombre le gustaría saber una cosa así?

–Pensé que no te darías cuenta –sin soltar la colcha, Eve se dirigió a la cama–. ¿Qué te parece tan divertido?

Draco se colocó las manos en la nuca y dirigió la vista hacia los músculos de su torso.

–Es una pregunta muy sencilla, Eve –aseguró mientras ella se sentaba en la cama–. Nadie es virgen a tu edad por casualidad –le tiró de la colcha hacia la cintura.

–No he tenido tiempo para romances.

–Lo de la noche anterior no ha sido un romance. Solo fue sexo, Eve –el mejor sexo que él había tenido.

Eve bajó la barbilla para ocultar la ira que sabía que tenía escrita en la cara. Cuando volvió a levantarla de nuevo sonreía.

–No hace falta que me lo digas tan claro, Draco. Ya sé que esto no es el comienzo de una profunda y larga relación.

Su ironía le molestó. Toda su actitud le molestó. Y eso que él no buscaba nada profundo, como tampoco buscaba encontrarse con una virgen en la cama. ¡Una virgen! Con los ojos semicerrados, Draco revivió el momento en el que lo supo... y volvió a sentir la poderosa oleada de posesión que no podía negar. Había sido su primer hombre.

–Eres una mujer muy apasionada, Eve.

Ella sacudió la cabeza, incapaz de admitir ni ante sí misma su miedo secreto a perder el control con un hombre. Alzó la mirada con el ceño fruncido.

–He estado creando mi empresa.

Draco alzó sus oscuras cejas.

–Eso no es una razón. Se puede tener sexo y llevar una empresa al mismo tiempo, *cara*.

–No quiero una relación a tiempo completo y no soy de las de una noche –un poco tarde para recordarlo–, y aunque estuviera en el mercado, es difícil encontrar un hombre que comparta mis ambiciones y objetivos.

–Nada te impide buscarlo mientras tienes relaciones sexuales conmigo. Pero créeme, una sola noche contigo no será suficiente para ningún hombre, *cara*. Y te digo otra cosa: cualquier hombre diría que comparte tus ambiciones con tal de llevarte a la cama.

–Pero tú eres distinto, supongo.

–De hecho, soy exactamente la clase de hombre que necesitas –aseguró Draco–. Piénsalo, puedo proporcionarte un sexo estupendo sin ataduras emocionales.

–Eso suena...

–¿Perfecto?

–Inmoral.

Draco soltó una carcajada sorda.

–Quédate conmigo el tiempo suficiente y te corromperé, ángel. Tienes un cuerpo hecho para el pecado.

Eve dejó caer la colcha, se levantó de la cama, agarró su ropa y se metió en el baño.

Cuando cerró la puerta con su pequeño y redondo trasero, Draco soltó un gemido. Según su experiencia, había pocas cosas seguras en la vida. Pero él tenía una muy clara: debía intentar volver a meter a Eve en su cama o morir en el intento.

Eve siempre llegaba la primera a la oficina. Disfrutaba de aquellos momentos a solas, sin interrupciones. Aquel día llegó cuando su asistente estaba ya sentada en su escritorio con un té de hierbas y la expresión soñadora que tenía siempre cuando hablaba de bodas.

Eve aceptó el té y le dijo a Shelley que no había tomado ninguna foto.

–¿Ninguna? –la joven fue incapaz de ocultar su decepción–. Supongo que estabas demasiado estresada por lo de hoy como para desmelenarte y disfrutar.

Eve agarró con fuerza la taza para que no se le cayera.

–Yo... –dio un paso adelante para entrar en el despacho y entonces se dio la vuelta con el ceño fruncido–. ¿Hoy?

Su asistente parpadeó y comprobó la agenda en la tableta.

—No ha habido más retrasos, ¿verdad? Te lo van a decir esta mañana...

Eve trató de disimular el desmayo bajo una alegre y falsa sonrisa. Tenía una reputación que preservar, tenía fama de saber mantener la calma durante una crisis.

—Sí, esta mañana.

Una vez dentro del despacho, cerró la puerta y se apoyó contra ella. Aquello no era solo un desastre, era... ¿qué diablos era?

¡Se le había olvidado!

¿Cómo era posible?

Durante los últimos seis meses, se había levantado cada mañana pensando en aquel acuerdo. Había invertido en él todo su tiempo y su energía, había vivido y respirado por él, centrada en un objetivo. Se decía a sí misma que el fracaso no era una opción, pero sabía que sí lo era. Y aquella certeza la había hecho despertarse por la noche bañada en sudor frío en más de una ocasión.

Y ahora que faltaba tan poco, consultó el reloj y luego se llevó una mano a la cara en estado de shock. En cuestión de minutos conocería aquella crucial decisión, y lo había olvidado por completo.

Había regresado aquella mañana a su apartamento para cambiarse sintiéndose bastante aliviada. Eve sabía que no era como su madre ni como las demás mujeres que conocía, que perdían la objetividad cuando había un hombre en su cama, pero tenía sus dudas. ¿Y si el buen sexo era capaz de privarla del respeto que sentía hacia sí misma y la llevaba a comprometer sus principios?

Lo cierto era que el sexo había sido estupendo, de la clase que creía que solo existía en las novelas. Todavía lo sentía por todo el cuerpo, y durante un breve periodo dejó de ser la reina de la precaución y se dejó llevar por sus impulsos. Había resultado ser una experiencia completamente liberadora. Draco era un amante increíble, pero ahora, a la fría luz del día, seguía siendo también un arrogante insoportable. Aquello ayudaba a que no lo pusiera en un pedestal y a que no se quedara callada cuando pensaba que estaba equivocado.

Era un alivio comprobar que su teoría era cierta. No era el sexo lo que convertía a las mujeres en esclavas, sino el amor. Ella no amaba a Draco, y la mera idea de enamorarse en tan solo veinticuatro horas se le antojaba ridícula.

Amor... sinceramente, ni siquiera le caía demasiado bien. Si no volvía a verlo nunca, no le quitaría el sueño. Por eso, en cierto sentido, Draco tenía razón. Era perfecto como amante, no había nada entre ellos excepto pasión desatada, nada que los sentimientos complicaran. Solo había sido sexo. Un sexo increíble, sí, pero había muchos hombres allí fuera que no eran Draco, hombres cuyas manos no fueran tal vez tan expertas... la imagen de sus largos dedos deslizándose por su piel cruzó por la mente de Eve, reavivándole el calor de la pelvis hasta que apartó de sí aquella imagen y se recordó que no tenía ninguna intención de repetir su noche de pasión. Tal vez tuviera lugar en algún momento, pero ella no iba a buscarlo.

Pero actualmente, lo que sí estaba ocurriendo era que la noche que había pasado con él le había hecho olvidar el contrato por el que tan duramente había trabajado.

Tal vez fuera la excepción que confirmaba la regla,

la mujer que no era capaz de hacer varias cosas a la vez.

Debía escoger entre el éxito empresarial y el sexo; no podía tener ambas cosas.

Eve suspiró y se sentó frente a su escritorio. La calma que aquel espacio minimalista solía provocar en ella, al no haber fotos ni objetos personales, solo un lugar de trabajo, no surgió.

Tenía que despejarse la cabeza y centrarse.

Antes de que pudiera hacer ninguna de las dos cosas, sonó el teléfono. Eve apretó los dientes y lo agarró.

Volvió a dejarlo en su sitio diez minutos más tarde.

Estaba temblando.

El trato estaba cerrado, y ahora podía admitir que hubo momentos en los que dudó de si valía la pena hacer aquel viaje a Australia. Pero el trabajo había dado sus frutos, y la cadena de exclusivos grandes almacenes con sedes en todo el hemisferio sur iba a vender su línea.

Aquel era el momento por el que tanto había luchado, con el que tanto había soñado.

Frunció levemente el ceño. ¿Dónde estaba el subidón de adrenalina, la euforia del logro?

Lo que sentía era casi un anticlímax, pero se dijo que era lógico. Una noticia así era para compartirla, y recordó una frase del discurso que había pronunciado Charles Latimer en su boda: «El éxito no significa nada a menos que tengas a alguien con quien compartirlo. Y yo tengo a la mejor persona del mundo: mi esposa».

Eve no había probado su copa de vino ni se unió al espontáneo aplauso que siguió. Pero dejando a un lado la falta de sinceridad, ¿acaso no tenía razón?

¿Quién se alegraría por ella? Su madre estaba de luna de miel y su mejor amiga estaba muy ocupada siendo una princesa embarazada.

Apartó de sí una punzada que reconoció como autocompasión. Bajó la vista y frunció el ceño al recordar un comentario que había hecho Draco.

Eve no sabía qué hora era cuando se despertó en una cama extraña con el brazo de un hombre sobre las caderas y su cabeza entre los senos. El pánico inicial duró una décima de segundo, entonces se dio cuenta de dónde estaba y se relajó.

Draco expresó en voz alta sus dudas interiores. «Deja de analizar la situación, solo disfrútala. No existe el mañana, solo el aquí y el ahora, tú y yo. No necesito que llegues a mí emocionalmente, solo quiero que me toques... por favor».

Aquella torturada plegaria la hizo sentirse poderosa, excitada y fuera de control.

Eve se rio entre dientes y se puso de pie. Ni siquiera estaba celosa de su amiga; lo último que deseaba era tener un bebé. En aquel momento estaba demasiado centrada en su trabajo, pero tal vez dentro de unos años...

Su reloj biológico apenas había empezado a andar, y además acababa de descubrir el sexo.

Eve recolocó la fila de lápices del escritorio y, canturreando entre dientes, se dirigió a la puerta que comunicaba su despacho con el de su asistente. Shelley había invertido muchas horas en aquel proyecto, no solo ella, sino todo el equipo, Y aunque los amigos y la familia se alegrarían por ella, solo su equipo entendería de verdad lo que aquel éxito significaba para Eve.

Pensó en invitarlos a comer al nuevo italiano del

que todo el mundo hablaba. El estómago le rugió al pensar en comida. Aquella mañana no había desayunado.

–¿Te apetece comida italiana, Shelley? –preguntó Eve al abrir la puerta.

Estaba acostumbrada al desorden del escritorio de la joven, pero esta era la primera vez que veía a un hombre allí.

Y aquel hombre era Draco. Le estaba dando la espalda, pero no cabía duda de que se trataba de él. El hecho de que estuviera allí estaba mal en muchos sentidos. Eve trató de mantener la firmeza.

–¿Qué diablos estás haciendo aquí, Draco?

–¿No te dije que estaría encantada de verme, Shelley Ann?

Su asistente se rio con coquetería. Tenía un novio al que decía que adoraba, entonces, ¿a qué estaba jugando? Eve le lanzó una mirada de exasperación y apretó los labios. Le parecía bien que las mujeres tomaran la iniciativa, pero Shelley se estaba mostrando demasiado ansiosa.

–He venido para llevarte a comer –Draco curvó los labios en una sonrisa íntima mientras le recorría el rostro con la mirada.

–¿Cómo has sabido dónde encontrarme?

Draco sacó una tarjeta de visita de bordes dorados.

–Te dejaste esto –y también el aroma de su perfume.

Eve tragó saliva y murmuró entre dientes:

–Estoy ocupada.

–Por cierto, el proveedor ha llamado para anular la cita.

–Gracias, Shelley Ann –la sonrisa de Draco hizo sonrojar a la joven–. Ya lo ves, *cara*. Estás libre.

En lugar de limitarse a preguntarle a qué estaba jugando, Eve deslizó la mirada hacia su boca. Lo último que se sentía era libre, de hecho se sentía obligada. Hizo un esfuerzo por aminorar la marcha de su corazón y bajó las pestañas a modo de cortina de protección.

–Me ha parecido oírte decir que te gustaba la comida italiana, ¿verdad? –preguntó él.

–Le encanta –intervino Shelley.

Eve parpadeó y apretó las mandíbulas.

–No es mi favorita –mintió.

–Le encanta.

Eve le lanzó otra mirada exasperada a Shelley mientras sentía cómo se sonrojaba.

–Hoy tengo mucho lío, de verdad.

Draco se encogió exageradamente de hombros y suspiró.

–Bueno, si no puedes salir a comer, supongo que podemos hablar de ello aquí –reconoció.

¿Hablar de ello? Eve sintió una oleada de pánico. Shelley era una gran asistente y muy discreta en el trabajo, pero en lo que se refería a cotilleos menos profesionales...

–Oh, no, llévesela a comer –Shelley entrelazó los dedos y apoyó la barbilla en ellos batiendo las pestañas–. Es su cumpleaños –confesó mirando a su jefa con expresión inocente–. Bueno, él no trabaja aquí, ¿verdad? Y dijiste que no se lo contara a nadie de la oficina.

–¿Es tu cumpleaños? Bueno, entonces ya está –anunció Draco con satisfacción–. Voy a llevarte a comer.

A Eve le hubiera encantado decirle que de eso nada, pero estaba claro que Draco no aceptaba que la gente no hiciera lo que él quería, así que decidió que era mejor fingir que aceptaba para no arriesgarse a hablar de su vida personal delante de otras personas. El horror de aquella idea hizo que se estremeciera.

Una vez fuera del edificio y lejos de los curiosos ojos de su asistente, Eve se apartó del leve roce de la mano que Draco había colocado entre sus hombros para guiarla hacia la salida, como si ella no conociera el camino.

–Hemos tenido sexo –Eve se aclaró la garganta, felicitándose en silencio por la frialdad con la que había expuesto los hechos.

Draco no parpadeó. Se limitó a mirarla a los ojos de un modo que le provocó un nudo en el estómago.

–No lo he olvidado –aunque cuando sintió las frías manos de Eve en la piel estuvo a punto de olvidar todo lo demás, *eso* no lo olvidaría. Nunca había perdido el control de aquella forma con ninguna otra mujer. Siempre había mantenido a raya la pasión. Resultaba irónico que la mujer que le había hecho descontrolarse fuera una virgen.

Resultó que la sospecha inicial que tenía respecto a su inocencia era cierta. El impacto había disminuido, pero el misterio continuaba. Eve era tan sensual y tan dulce que no tenía sentido que no hubiera probado el sexo con anterioridad. Pero lo cierto era que él había sido su primer amante. En momentos de sinceridad admitía que no era digno de semejante regalo, pero a cambio él le enseñaría a disfrutar de su propio cuerpo.

Eve hizo un esfuerzo por controlar su antagonismo. Su voz grave era todo un peligro y su mirada penetrante la perturbaba. A pesar del tráfico y de la abarrotada calle, cuando le miraba a los ojos sentía que el mundo que los rodeaba podía desaparecer.

–Eso no te da derecho a entrar en mi lugar de trabajo y ponerte a coquetear con mi personal –lo dijo de un modo que parecía que aquello era el peor pecado del mundo–. Supongo que no puedes evitarlo –murmuró.

–Anímate, Eve.

Ella apretó los labios, irritada por su respuesta.

–Estoy muy animada, gracias.

Draco abrió los ojos de par en par, como si de pronto lo hubiera entendido.

–¿O acaso se trata de uno de «esos» cumpleaños? –preguntó con simpatía.

A Eve se le congeló la expresión.

–Todavía me falta mucho para cumplir los treinta.

Draco sonrió y la miró con más intensidad mientras le levantaba la barbilla con un dedo.

–Parece que tienes dieciocho, y eso puede llegar a ser desconcertante, sobre todo porque la mayoría del tiempo actúas como si fueras una mujer de mediana edad.

Le daba una de cal y otra de arena, pensó Eve apartando la mandíbula de su mano.

–Qué cosas tan bonitas dices –afirmó con sonrisa poco sincera.

–Te tomas la vida muy en serio.

Ella apretó las mandíbulas y le soltó una respuesta burlona.

–Esa es la diferencia entre tú y yo. Yo pienso que la vida es algo serio.

Draco asintió brevemente con la cabeza.

–La vida también es triste y divertida... –guardó silencio cuando su coche apareció a su lado, y, saludando al chófer con una inclinación de cabeza, le abrió la puerta de atrás a Eve.

Mientras ella entraba, Draco se preguntó por qué

diablos estaba hablando del significado de la vida con aquella mujer. Podría haberse preguntado por qué estaba allí, pero aquella cuestión tenía una respuesta más difícil.

La deseaba. Aquello en sí mismo no era extraño, pero sí lo era la naturaleza compulsiva de su deseo. Si hubiera pensado en ello más profundamente, Draco podría haberse sentido inquieto, pero no fue así. Etiquetó aquello como un apetito parecido a cualquier otro, y como cualquier hombre, Draco disfrutaba de la caza en lo referente al sexo.

Pero ¿cuándo fue la última vez que había reorganizado toda su agenda para perseguir a una mujer?

Dejó a un lado aquella pregunta y se recordó que, por muy intensa que fuera aquella atracción, la historia se repetiría inevitablemente y él perdería interés. Siempre le pasaba lo mismo.

–Es una cuestión de equilibrio, *cara* –reflexionó en voz alta mientras entraba en la limusina y se sentaba a su lado–. Los momentos duros de la vida son más soportables si no te pierdes los buenos –se inclinó hacia delante y le dio instrucciones al chófer en italiano. El hombre, que era más grande que un oso, respondió en el mismo idioma.

–¿De qué libro de autoayuda has sacado esa joya? ¿O estaba en una galleta navideña?

–Mi padre murió de forma inesperada, y fue devastador para todos, especialmente para mi madre. Pero a lo que se agarró y se sigue agarrando ahora es a que no hubo ni un solo día en su vida que no viviera al máximo. No es que hiciera cosas espectaculares, lo que le gustaba eran los detalles pequeños, como disfrutar de una buena botella de vino o ver a su nieta dar sus primeros pasos.

Eve se arrepintió al instante de su comentario anterior.

—Lo siento mucho.

—Como habría dicho mi padre, las cosas malas suceden. Pero hasta que eso ocurra, ríete un poco.

Eve se revolvió incómoda en el asiento bajo su penetrante mirada.

—Tengo la sensación de que tú no te ríes mucho, y es una lástima porque tienes una risa preciosa. Me recuerda al tacto de tu pelo sobre mi piel. Por cierto, ¿te lo recoges porque te gusta que te lo suelte?

Ella tragó saliva y bajó la mirada, confundida. Lo único que tenía que hacer Draco era soltarle un par de cumplidos con voz ronca para que el corazón empezara a latirle a toda prisa.

—Me lo recojo para no tener mechones de pelo por la cara.

Draco se reclinó en el asiento y cruzó un tobillo encima de otro.

—Y a ti te gustan las cosas ordenadas.

—¿Es un delito? –le espetó.

—¿De verdad quieres saber lo que pienso?

—¡No! –Eve se inclinó hacia delante y le preguntó al chófer–, ¿dónde estamos?

El hombre la ignoró.

—¿Está sordo?

—No, pero después del grito que le has pegado tal vez lo esté. Hay un aparcamiento ahí atrás.

—Ah, lo siento.

El coche se detuvo en uno de los espacios del aparcamiento al que se había referido Draco. Le dijo algo en italiano al chófer, y este se rio.

—¿Estáis hablando de mí? –preguntó Eve con recelo.

–No todo gira alrededor de ti, *cara*. ¿De verdad quieres comer?

Ella se lo quedó mirando.

–¿No era esa la idea?

Draco se la quedó mirando durante un largo instante y luego hizo uno de sus habituales encogimientos de hombros.

–Es una opción, desde luego –esta vez se dirigió al chófer en inglés–. Gracias, Carl, llamaremos a un taxi para volver.

El restaurante estaba lleno y había mucha gente esperando mesa. Eve se sintió aliviada, no cabía ninguna posibilidad de que consiguieran una.

Capítulo 9

CINCO minutos más tarde, un atento camarero italiano les estaba acompañando a su mesa.

–Por si acaso seguías pensando que estábamos hablando de ti...

–Muy gracioso. ¿Ese hombre es realmente tu chófer?

Draco la miró con curiosidad.

–¿Carl? ¿Qué crees que es si no?

–¿Tu guardaespaldas?

La carcajada de Draco provocó que varias cabezas se giraran hacia él. Ella tapó la copa con la mano.

–Estoy trabajando.

–Es tu cumpleaños.

Fue una batalla breve, porque el constante forcejeo resultaba cansino. Eve decidió que sería mejor reservar la energía para los momentos importantes. Y además, una copa de vino podría ayudar a calmarle los nervios.

Eve ladeó la cabeza.

–De acuerdo, solo una copa –lo cierto era que había cosas peores que pasar su cumpleaños sentada en un magnífico restaurante con un hombre al que todas las mujeres del local miraban.

–No, Carl es mi chófer.

–Entonces, ¿no tienes guardaespaldas? –quiso saber ella, incapaz de contener la curiosidad.

–La mejor seguridad es la que la gente no puede ver.

Eve dejó el tenedor sobre la mesa y se reclinó en el asiento.

–Eso no es una respuesta.

La respuesta de Draco a su indignación fue esbozar una indolente sonrisa.

–Es la única que voy a darte –Draco se reclinó a su vez y observó cómo daba cuenta del plato de pasta rústica que había escogido.

–Esto está buenísimo –Eve le dio otro sorbo a su copa de vino, decidida a que le durara. Miró el plato de Draco. Solo se había comido la mitad del bistec–. Por cierto, ¿cómo has conseguido esta mesa?

–Conozco al dueño de la cadena de estos restaurantes.

–Están por todas partes, cuando estuve el año pasado en París acababan de abrir uno allí y estaba hasta los topes.

En aquel momento se acercó el encargado.

–Señor, señorita –el hombre inclinó la cabeza–, espero que la comida haya sido satisfactoria.

–Estaba todo delicioso –aseguró ella.

–Somos clientes satisfechos –añadió Draco.

Había algo extraño en el modo en que el encargado se dirigió a Draco, y en cómo respondió él... y entonces Eve cayó en la cuenta.

Esperó a que el encargado se marchara para poner a prueba su teoría.

–¿Tú eres el dueño?

Draco ni siquiera parpadeó.

–Desde hace dos años.

–¿No se te ocurrió mencionármelo?

–No –Draco se inclinó hacia delante y apoyó los

codos en la mesa–. Entonces, ¿vas a ir a casa por tu cumpleaños?

Eve se refugió tras su copa de vino.

–No tengo casa –respondió con sequedad–. He vivido en la mansión Brent durante diez años, pero nunca fue mi casa. Solo éramos el servicio.

–Aunque formaras parte del servicio, como tú dices, te hiciste amiga de Hannah y ahora tu madre es la señora de la casa.

Eve no tenía ganas de satisfacer su curiosidad, pero Draco no era el primero que comentaba aquella extraña amistad. Hannah Latimer tenía dinero, encanto, aspecto de princesa y asistía a un prestigioso colegio privado, y Eve era la tímida hija de la cocinera que iba a la escuela del pueblo.

Para Eve, lo suyo fue odio a primera vista y había hecho todo lo posible por evitar a la hija de la casa, con su cabello dorado y su sonrisa permanente. Contaba con muchos escondites en la finca, y cuando vio a Hannah en uno de ellos, al principio se puso furiosa. Hasta que vio las lágrimas.

Las niñas descubrieron que tenían algo en común mucho antes de saber que sus padres tenían una aventura. Las dos odiaban el colegio y las dos sufrían acoso escolar, aunque por diferentes motivos.

–A la gente le encantan las historias sobre gente rica. No te sorprendas si encuentras detalles de la vida de tu madre en las columnas de cotilleos. Todos tenemos fantasmas en el armario –le advirtió Draco.

Eve se puso tensa, horrorizada al pensar en ello.

–¿Qué quieres decir?

Draco se dio cuenta al instante debido a su reacción que seguramente habría un cadáver en el armario de la familia Curtis.

–Han colgado una foto en Internet. Pensé que deberías saberlo.

Draco le pasó el teléfono por encima de la mesa y observó su cara mientras ella miraba una foto explícita de ellos dos en abrazo abandonado la noche de la boda. Vio cómo se sonrojaba antes de palidecer como la cera.

–Supongo que ha sido una de tus amigas de la escuela.

Eve cerró los ojos y durante un largo instante no dijo nada. Luego comentó esperanzada:

–Tal vez no la vea nadie.

No había una forma suave de decirlo, así que Draco afirmó:

–Lo siento, pero al parecer ya es una imagen viral.

Eve se cubrió la boca con la mano, y sus ojos verdes registraron un horror total. ¿Cómo podía estar Draco tan tranquilo?

–Tienes que pararlo –sacudió la cabeza–. ¿Y si tu hija lo ve? –añadió salvajemente.

–Lo más probable es que ya la haya visto. Además, yo me siento halagado.

Eve cerró los ojos. ¿Halagado? ¿Se había vuelto loco? Ella era una persona extremadamente reservada, y pensar en aquella foto...

–Tengo ganas de vomitar –esperó a que se le pasaran las náuseas antes de preguntar–: ¿Y qué vamos a hacer?

Draco alzó una ceja.

–Mi consejo es que nos lo tomemos a risa o mantengamos un silencio digno.

Eve soltó una carcajada amarga. No veía nada digno en que hubiera fotos de ella en actitud apasionada circulando por Internet.

–O puedo negar encarecidamente que haya algo entre nosotros.

Eve exhaló profundamente.

–Bien.

–Y eso convencerá a todo el mundo de que sí hay algo entre nosotros y prolongará el interés en la historia.

Eve apretó los dientes. Sentía todo el cuerpo rígido. Draco la miró a los ojos.

–Dime qué quieres que haga.

–No lo sé –admitió ella desolada.

–Entonces, ¿quieres que te diga qué quiero hacer yo? Quiero levantarme, salir de aquí, llevarte a mi casa y hacer lo que tanto deseaba hacer contigo esta mañana. Puedo prometerte un regalo de cumpleaños que no olvidarás, *cara*.

¿Tenían un problema y aquella era su solución? ¿Seducirla en un lugar público, donde cualquiera podría haber oído lo que decía?

Aquello era ridículo. Le dieron ganas de reírse.

Pero su voz rica y algo amarga como el chocolate no era algo de lo que pudiera reírse. Sus miradas conectaron y Eve dejó escapar un tenue suspiro entre los labios entreabiertos. El deseo le recorrió las terminaciones nerviosas, cerrándole los circuitos de la lógica.

Transcurrieron los segundos, y con ellos iba en aumento la tensión sexual. Draco seguía mirándola con la misma intensidad que la desnudaba. El mensaje de sus ojos quedaba muy claro.

Eve aspiró con fuerza el aire.

–Sí...

Los dos se pusieron de pie a la vez. Draco estuvo

a punto de tirar la silla en el proceso. Dejó un puñado de billetes sobre la mesa, la tomó de la mano y gruñó.

–Salgamos de aquí.

Draco no se quitó de encima, permaneció sobre ella con todo el peso ardiente de su cuerpo. Tenía la cara pegada a su cuello, la respiración agitada y húmeda sobre su piel. A Eve le gustaba, le gustaba todo: el contacto de la piel contra la piel, su peso, la mezcla del olor a sexo y a jabón...

Estaban tendidos desnudos en el enorme sofá Chesterfield de piel del estudio de Draco. No habían conseguido subir las escaleras, apenas habían logrado salir del taxi.

La estancia estaba plagada de la ropa que se habían quitado mutuamente en su frenesí por sentir la piel del otro.

El frenesí había pasado, pero Eve seguía todavía respirando con jadeos.

–¿Cómo ha sucedido esto? –murmuró ella.

–¿Quieres que te haga un esquema o que lo repita paso a paso? –respondió Draco con ironía.

–Ninguna de las dos cosas –contestó Eve riéndose–. Tengo que irme.

Él se apartó a regañadientes con un gruñido.

Eve sintió los ojos de Draco clavados en ella mientras se vestía. Su oscura mirada le hacía sentir cierta vergüenza, pero también mucho poder. Podía estar desnuda delante de él. ¿Eso era bueno, malo, peligroso...? Sacudió ligeramente la cabeza. Solo sabía que se sentía bien. Que un hombre como Draco actuara como si nunca se saciara de ella era una experiencia maravillosa.

Mientras se abrochaba la camisa, ladeó la cabeza con gesto de estar escuchando.

–Hay alguien ahí –oyó cómo se cerraba una puerta y unas voces de mujer.

–No, ya te he dicho que... –esta vez Draco lo oyó también. Cerró los ojos y se incorporó con un suspiro. Se levantó del sofá con un movimiento felino y se vistió a toda prisa.

–Quédate aquí. Será más seguro.

Aquella afirmación provocó que su imaginación echara a volar.

–¿Más segura de quién? ¿Sabes quién es? ¿Llamo a la Policía?

–Gracias por preocuparte, pero puedo ocuparme yo.

Eve quiso gritarle que no se preocupaba en absoluto por él, pero de pronto tuvo la horrible sensación de que sería mentira.

Capítulo 10

DRACO se abrochó la camisa antes de salir de la habitación y se pasó la mano por el pelo. Las tres mujeres que estaban al final del pasillo no le vieron dejar la biblioteca. La primera que le vio fue Josie.

Su expresión era una mezcla de culpabilidad y alivio.

–Hola, pequeña. Déjame adivinar. Tu madre te ha sacado del colegio para hacer algo educativo como...

–Ir de compras a las rebajas –contestó la niña con sonrisa inocente.

–Buenas tardes, Clare. Estás guapísima, como de costumbre.

–Draco –Clare se acercó para darle un beso en cada mejilla–. Y tú estás... estás... –se detuvo y le observó detenidamente–. Estás muy guapo también, querido. Está claro que hay algo que te sienta bien.

–Hola, madre –Draco saludó a Veronica.

–No deberías deambular por la casa descalzo, Draco. Da muy mala imagen.

–¿Ante quién?

–Es una cuestión de estándares –respondió ella con cierto tono misterioso.

–Y supongo que tú solo pasabas por aquí...

–¿Necesito un motivo para visitar a mi propio hijo?

–Veronica frunció el ceño al escuchar ruido en el estudio–. ¿Hay alguien ahí dentro, Draco?

En el estudio, con el zapato que no se le había caído sujeto al pecho, Eve cerró los ojos y pensó: «Di que no, por favor, di que no». Escuchar el murmullo de la conversación y no poder distinguir lo que decían le había resultado frustrante, así que se acercó hacia la puerta abierta y entonces se le había caído el zapato.

–Sí.

Eve abrió los ojos y apretó los puños. ¿Por qué no había mentido?

–Eve, *cara*, sal y dile hola a Josie.

Medio escondida tras las cortinas, algo que en su momento no le pareció tan mala idea, Eve no tenía muchas opciones. Observó su rostro sonrojado en el espejo.

–¿Conoce a Josie?

Además de la hija de Draco, había otras dos mujeres. La mayor de ellas tenía una melena corta y negra con toques plateados, y cuando la miró, Eve tuvo una impresión de energía y de sencilla elegancia. Se dio cuenta de que estaba viendo a Josie dentro de cuarenta años. Una chica con suerte.

La otra mujer era una impresionante rubia de ojos azules cuyas magníficas curvas quedaban marcadas por un vestido rojo y ajustado en la cintura. Sería una modelo perfecta para su lencería.

Sí, «impresionante» era la palabra que mejor la definía. Su rostro, su figura, su cabello rubio y liso como una tabla, todo en ella era impresionante.

–¡Eve! –con la energía de la juventud, Josie cruzó el pasillo en dos zancadas sin apartar la vista del pelo de Eve, que le caía como una cascada de rizos por la espalda–. Vaya, me encanta cómo te queda el pelo así.

Eve se llevó una mano tímida a la cabeza.

–Tiene vida propia.

–Madre, esta es Eve Curtis –Draco la tomó del brazo y la hizo avanzar–. Mi madre, Veronica Morelli.

–Encantada, señora Morelli.

–Y esta es Clare –Eve sintió cómo le agarraba con más fuerza el brazo.

–Soy su exmujer –dijo la rubia inclinándose hacia delante sobre sus tacones y esbozando una sonrisa amistosa–. Encantada de conocerte, Eve. ¿Dónde la tenías escondida, Draco? ¿Y cuánto tiempo lleváis juntos?

–Nos conocimos ayer por la mañana –respondió Draco dando evasivas.

–De acuerdo, no es asunto mío –replicó Clare.

–Tengo que volver a la oficina –intervino Eve con brusquedad.

–¿Oficina? –repitió Veronica.

–Eve dirige su propia empresa, madre.

–¿De veras? Tenemos que tomar un café algún día para que me hables de tu negocio –quedaba claro a juzgar por su repentino cambio de actitud que su madre la veía ahora como una novia potencial.

–Bueno, si eres tu propia jefa, podrás tomarte la tarde libre, ¿no? –Clare dejó el tema al ver la mirada gélida que le dirigía su exmarido.

–Lo siento, pero tengo que irme... –comenzó a decir Eve.

–Y Josie tiene que volver al colegio.

Josie hizo un puchero al escuchar la frase de su abuela.

–Pero Clare ha dicho que podía tomarme el día libre. Íbamos a ir de compras y a hacerme las uñas.

–Estoy segura de que tu madre es consciente de que las clases son lo primero. ¿Y ahora llamas Clare a tu madre? –preguntó Veronica con desaprobación–. ¿Te importa dejar a Josie en el colegio cuando vayas de camino a tu oficina, Eve?

Asombrada por la petición, Eve asintió.

–Claro.

Veronica tomó a Josie de la mano.

–Vamos, Josie. Tienes que ponerte el uniforme. No hagas esperar a la señorita Curtis.

–Lamento la interrupción –Clare sonrió cuando su hija salió de allí con su abuela–. Siempre he pensado que el sexo por la tarde es decadente y maravilloso.

–Estas avergonzando a Eve –la reprendió Draco.

–¿En serio? –su asombro parecía auténtico–. Lo siento, Draco, pero cuando saliste aquí fuera con esa expresión... –dejó escapar un suspiro–. Recuerdo esa cara.

Eve sintió una punzada de algo parecido a los celos. Cerró los ojos y pensó que debería salir de allí. Había oído hablar de divorcios amistosos, pero esto era ridículo.

Veronica Morelli reapareció con una uniformada Jessie a su lado.

–No encontraba nada, y no me extraña. No entiendo por qué te empeñas en vivir en esta caja de zapatos.

Eve se quedó boquiabierta. Si la madre de Draco pensaba que aquello era una caja de zapatos, ¿a qué estaba acostumbrada? Como mínimo a un castillo.

–Encantada de conoceros a las dos –mintió Eve al marcharse.

Josie estaba muy habladora en el taxi.

–No sabes cuánto me alegro de que estés con papá.

–No estoy con... –Eve se fijó en la mirada interrogante de la adolescente y cerró la boca. No podía decirle a la hija de su amante que solo tenía encuentros sexuales con su padre, y no una relación.

Recordó el comentario de Draco, cuando dijo que su hija estaba intentando buscarle esposa, y frunció el ceño preocupada. No quería animar la fantasía de la niña, pero tampoco podía ser brutalmente sincera.

—Me alegro de que te alegres.

—Y no eres el tipo habitual de papá.

Eso Eve ya lo sabía. Se le pasó por la cabeza la imagen de su impresionante exmujer.

—Se supone que no debo saber que tiene un tipo de mujer, porque como nunca las trae a casa, piensa que no lo sé.

Aquello llamó la atención de Eve. Nunca las llevaba a casa... pero no iba a ver algo donde no lo había.

—¿Crees que las trae cuando yo no estoy en casa, como el padre de Lily? —Josie sacudió la cabeza con vigor—. Lily decía que siempre sabía cuándo había estado la novia de su padre en casa porque olía a ella y se dejaba cosas allí... y tenía razón, porque se casaron el mes pasado.

¿Olería la cama de Draco a ella?

—Estoy segura de que debe de ser muy duro aceptar que tu padre se vuelva a casar.

—No, a mí me encantaría, y a mi abuela también. Siempre le está animando a que lo haga, pero al mismo tiempo cree que no hay ninguna mujer lo suficientemente buena para él. Mi madre también suele criticar a las chicas con las que sale. Pero tú eres distinta, y si te casas con mi padre o incluso si solo eres su novia, no me enviarán a vivir con mi madre y su prometido, porque tú serías una influencia femenina estable en mi vida, ¿verdad?

Eve digirió toda aquella información en silencio, y finalmente preguntó:

–¿Hay alguna posibilidad de que te vayas a vivir con tu madre?

Josie sacudió la cabeza.

–No, papá me prometió que no dejaría que sucediera pasara lo que pasara.

Eve se quedó sentada en el taxi hasta que Josie atravesó las puertas del colegio y luego le dio su dirección al taxista. La vergonzosa escena que había vivido se reproducía en su cabeza una y otra vez desde que salieron de la casa, pero esta vez, tras escuchar las revelaciones de Josie, lo veía de otro modo.

Decían que el conocimiento era poder, pero Eve no se sentía poderosa. Se sentía sucia y utilizada. La peor parte era que pensaba que Draco había intentado evitarle la vergüenza, que había dejado que creyeran que tenían una relación por consideración hacia ella.

Ahora sintió cómo le subía la ira y no luchó contra ella. Una expresión decidida le cruzó el rostro y se inclinó hacia delante en el taxi.

–Cambio de planes.

Cuando el taxi se detuvo en la puerta de casa de Draco, Eve ya le había machacado verbalmente en su cabeza y había hecho una salida digna. Todavía seguía furiosa cuando golpeó la puerta con el puño y miró de reojo hacia una de las cámaras estratégicamente situadas sobre su cabeza.

Cuando por fin se abrió la puerta, Eve, que estaba apoyada en ella, casi se cayó encima de la mujer de mediana edad vestida de uniforme de servicio.

–¿En qué puedo ayudarla?

–Quiero ver a Draco –afirmó Eve sin más preámbulo.

Se hizo un breve silencio.

–Me temo que se ha equivocado de dirección.

Aquella mentira hizo que Eve parpadeara, pero se negó a aceptar el rechazo.

–Sé que vive aquí.

–Vaya, qué sorpresa tan agradable.

El comentario hizo que ambas mujeres giraran la cabeza cuando Draco apareció por una puerta vestido con ropa de deporte. Llevaba una toalla al cuello y le brillaba la piel por el sudor.

Eve reaccionó ante aquella imagen cargada de testosterona, y olvidando por completo el incisivo discurso que tenía preparado, blandió un dedo en su dirección y gruñó:

–Tú...

«Vaya», dijo una voz en su cabeza. «Esto sí que es ponerle las cosas claras, Eve».

Tras sostenerle la mirada durante un largo instante, Draco se giró hacia la otra mujer. Se quitó la toalla y se pasó una mano por el pelo húmedo.

–Gracias, Judith –la sonrisa era para la doncella, pero Draco solo apartó los ojos de Eve una décima de segundo–. Ya me encargo yo. Usted ya puede marcharse a su cita con el dentista.

Eve tuvo que soportar la mirada de recelo que le dirigió la otra mujer antes de marcharse.

Draco esperó a que se cerrara la puerta.

–Iba a meterme en la ducha –a ser posible fría. Una cosa era reconocer las señales de una peligrosa adicción, y otra no sentir la necesidad de luchar contra ella.

Pero ¿por qué luchar contra algo tan placentero?, se

dijo. Disfrutar de ello mientras durara le parecía mucho más práctico.

—Si eso es una invitación para que me una a ti, paso —murmuró Eve sintiendo cómo se le sonrojaban las mejillas al pensar en el agua deslizándose por su musculoso cuerpo.

Avergonzada por la presión que sintió en la parte baja de la pelvis, Eve apartó la mirada de la invitación que había en sus ojos y fingió mirar a su alrededor.

—¿Tus invitadas se han marchado?

Draco se fijó en las lágrimas que le brillaban en los ojos.

—¿Estás bien?

Aquella falsa preocupación después de lo que había hecho la llevó a soltar un resoplido burlón y silencioso.

—Pues no, claro que no estoy bien. Estoy furiosa —con él por ser tan manipulador, pero la ira de Eve iba dirigida preferentemente hacia ella misma—. ¿Cómo te atreves a utilizarme? Juré que nunca permitiría que ningún hombre me utilizara como mi padre utilizó a mi madre. Lo tenías todo planeado, ¿verdad? —le espetó furiosa—. Todo calculado a sangre fría.

El último comentario provocó una carcajada en él.

—Entre nosotros no existe la sangre fría, *cara*. ¿Quién es tu padre?

A ella se le paralizó la expresión.

—Un malnacido como tú.

Eve vio la chispa de ira en sus oscuros ojos y alzó la barbilla, dándole la bienvenida a la idea de una confrontación. Luego observó con incredulidad cómo Draco cruzaba el vestíbulo y se dirigía a la escalera central.

—¿Te vas?

–Voy a darme una ducha antes de que se me inflen los músculos y los dos digamos cosas de las que podamos arrepentirnos después –Draco se dirigía a la bien equipada ducha del gimnasio que había en el sótano cuando vio la imagen de Eve en una de las cámaras de seguridad.

–¡Yo no me arrepiento de nada!

Eve le gritaba de un modo que no le toleraba a nadie más; le lanzaba acusaciones, le llamaba malnacido a la cara y montaba la clase de escenas que Draco odiaba. Y sin embargo, le respondió con absoluta sinceridad:

–Yo tampoco. Si quieres unirte a mí, adelante –murmuró Draco mientras escuchaba sus tacones detrás de él avanzando por el suelo de mármol.

Eve estaba jadeando por el esfuerzo de ir tras él cuando entró tras Draco por la puerta de su suite. Entonces se cerró con un clic y ella se cuestionó la sabiduría de lo que acababa de hacer. Un segundo más tarde, entró en pánico.

–¿Qué crees que estás haciendo? –preguntó atemorizada al verle quitarse la camiseta por la cabeza.

Le estaba dando la espalda cuando estiró los brazos, y Eve clavó la vista en el despliegue de músculos, cada contracción le provocaba un aleteo en el estómago.

Draco se giró hacia ella con expresión inocente en su bello rostro y dejó caer los brazos a los lados. Tenía una actitud de arrogancia sexual propia de él.

Sin dejar de mirarla, dejó la camiseta que se había quitado en el respaldo de una silla.

–Ya te lo he dicho, voy a darme una ducha –los ojos le brillaban divertidos.

–Quiero hablar contigo –Eve se las arregló para mantener un aire de sutil desdén. Fuera lo que fuera, Draco era la cosa más bonita que había visto en su vida. Tenía más atractivo sexual en un dedo que la mayoría de los hombres en todo su cuerpo.

–Nada te lo impide, *cara* –se agachó para desatarse los cordones de las zapatillas, y se quitó una y luego la otra.

Eve sentía que iba a hacer explosión. Aquel hombre conseguía siempre despertar sus deseos más primitivos. Era la encarnación de todo lo que se había jurado a sí misma que rechazaría.

–Bueno, si cambias de opinión sobre lo de unirte a mí, la oferta sigue en pie –Draco le sostuvo la mirada, sonrió y puso la mano en el cordón de los pantalones del chándal.

Ella bajó la vista y se sonrojó otra vez. Se giró sobre los talones, y al darle la espalda se perdió la sonrisa de satisfacción de Draco.

Capítulo 11

ES UNA oferta tentadora, pero paso.

Incapaz de reconocerse a sí misma lo cierto de aquella información, lo tentada que se sentía a unirse a él en la ducha, Eve agarró un cojín del sofá que había apoyado contra la pared y empezó a darle puñetazos. Cuando lo dejó sin forma empezó con otro, y lo golpeó con tanta fuerza que la respuesta de Draco apenas resultó audible entre los puñetazos.

–Tú misma.

Esperó un instante y luego se giró para mirarla por encima del hombro. Los pantalones de chándal estaban tirados en el suelo y, soltando un profundo suspiro, se reclinó sobre los cojines. Se concentró en respirar con normalidad, pero la tensión que le provocaba nudos en los músculos persistía de forma obstinada.

Aquello no estaba saliendo como ella pensaba.

Mientras se decía que debía dejar aquel juego, Eve escuchó cómo corría el agua de la ducha en el baño adyacente. Cerró los ojos, pero fue peor. Se le pasaron por la cabeza imágenes del baño lleno de vapor, del agua deslizándose por su piel dorada. El recuerdo de la clara invitación que le había hecho resonaba en el interior de la cabeza de Eve, alimentando el deseo que la atravesaba.

Se preguntó cómo era posible estar tan furiosa con

alguien, saber perfectamente que te estaba utilizando, y al mismo tiempo desearle tanto... abrió los ojos.

¿Se estaría convirtiendo en la persona que nunca le había perdonado a su madre ser? Aquel pensamiento funcionó mejor que una ducha fría y coincidió con el repentino silencio que surgió cuando se cerró el grifo del baño.

Palideció al pensar en lo cerca que había estado de dejarse llevar por la tentación y abrir aquella puerta.

En lo que a Draco se refería, parecía no tener vergüenza ni respeto por sí misma. Era una cuestión de genes. Se puso de pie. Reconocer la propia debilidad significaba poder hacer algo al respecto. Siempre había opción.

Su madre había tenido opción y había escogido la que no debía... dos veces. Eve no tenía intención de repetir los errores de Sarah.

Sopesó sus posibilidades, y no tardó mucho en tomar su decisión. Se quedaría sin la satisfacción de decir la última palabra y pondría distancia entre Draco y ella.

Salir corriendo. Dejó escapar un suspiro. Aquello era un plan. Sin duda.

Pero antes de que Eve pudiera poner su plan en acción o situar un pie delante de otro, Draco salió del baño descalzo silbando entre dientes y la urgencia que Eve sentía de salir corriendo se volvió menos urgente. Mucho menos.

Se había echado el oscuro cabello hacia atrás con las manos, y todavía le goteaba un poco, dejando manchas en la camisa blanca que llevaba.

Tenía los sentidos agudizados hasta un punto que resultaba doloroso.

–¿Me has echado de menos? –le preguntó él metiéndose los bajos de la camisa en la cinturilla del oscuro pantalón mientras observaba la expresión que cruzaba por el rostro de Eve. Cuando se quitaba la máscara, tenía las facciones más expresivas del mundo.

Ella alzó la barbilla. A veces la verdad era la mejor defensa.

–Con cada fibra de mi ser.

El tono sexy de su voz provocó un escalofrío por todo su cuerpo.

–Ahora mismo soy todo tuyo –Draco sonrió y abrió los brazos en gesto invitador.

Eve se alegró de pronto de no haber salido huyendo. Se habría arrepentido de no haberle dicho lo que pensaba de él.

Sosteniéndole la mirada, se puso en jarras, atrayendo sin querer la atención sobre sus suaves curvas, y le miró de arriba abajo.

–¿Te gusta lo que ves, *cara*? –le preguntó Draco con una lenta y sensual sonrisa.

Ella se sonrojó. ¿A quién no le gustaría? Draco era la personificación de la perfección masculina.

–Me has utilizado –tragó saliva, reconociendo que resultaba irracional admitirlo. Después de todo, no había nada entre ellos, ningún lazo que pudiera traicionarse. Solo su propia estupidez.

Aquella acusación provocó que a Draco se le borrara la sonrisa. Apretó las mandíbulas y frunció el ceño. La ducha fría que se acababa de dar le había proporcionado un alivio temporal, pero ahora que había vuelto no podía superar el deseo de hundirse en ella y sentir su piel.

–Creía que nos estábamos utilizando mutuamente –susurró–. Y si no recuerdo mal, no tenías ninguna queja.

Eve entornó los ojos, se cruzó de brazos en gesto de autoprotección y le miró con desprecio.

–Sabes perfectamente a qué me refiero –le espetó furiosa.

Draco estuvo a punto de echarse a reír. No sabía nada, excepto que nunca le había sucedido nada parecido. No era solo el cuerpo; aquella mujer se había quedado a vivir también en su cabeza.

–¿Por qué no me lo explicas para asegurarnos? –sugirió.

–Explicártelo. A ver –Eve se llevó la mano a la barbilla y fingió que se lo pensaba–. Eres un malnacido. Con todas las letras. Tienes miedo de perder la custodia de Josie, así que soy tu novia falsa. Una influencia femenina. Una relación estable que pasarle a tu ex por las narices. No me extraña que quisieras que saliera de aquí antes de que pudiera decirles la verdad.

–¿Y cuál es la verdad?

–Que solo soy una de tus aventuras de una noche.

–Lo dices con amargura. Y sin embargo, creo recordar que era así como querías que fuera, *cara*. ¿O ahora has movido la portería?

–¡No es que esté amargada, estoy furiosa!

–Como tú quieras... y para ser exactos, no ha sido solo una noche. Lo hemos hecho también de día.

Eve apartó la vista y apretó las mandíbulas.

–Y por cierto, ¿cómo querías que te presentara a mi madre y mi exmujer? Esta es Eve, acabamos de tener sexo...

–Me has utilizado –insistió ella agarrándose a su justa indignación, aunque lo que en el taxi le pareció una acusación legítima le parecía ahora un poco histérica–. Lo planeaste todo, me trajiste aquí sabiendo que tu ex...

–¿Cómo? ¿De verdad crees que lo he apañado todo para que mi madre, mi exmujer y mi hija adolescente entraran y me encontraran desnudo con una mujer a media tarde?

Era lo que creía, pero visto de aquel modo... la sombra de la duda cruzó por la mente de Eve, quien, incapaz de reconocer que estaba completamente equivocada, admitió:

–Supongo que no esperabas que tu madre estuviera también aquí.

–Vaya, gracias –respondió Draco con sarcasmo–. Para que lo sepas, no la esperaba. Pero ella cree firmemente en el factor sorpresa. Desde que mi padre murió se aburre y yo me he convertido en su proyecto. O mejor dicho, su proyecto es que me case con alguien adecuado.

–Entonces lo admites. Has dejado que piense que somos... que tenemos...

–¿Una relación?

–¡No tenemos una relación, solo tenemos sexo! –le gritó ella–. *Teníamos* sexo –añadió.

Eve hubiera preferido que su desmesurada reacción le enfadara, no que despertara su curiosidad. Trató de mantener la actitud desafiante.

–¿Por qué es tan importante para ti esa distinción? Me refiero a separar el sexo de las relaciones. ¿Tiene algo que ver con tu madre y con Latimer? –le preguntó.

Sintiendo la presión de su mirada, Eve reaccionó a la defensiva alzando la barbilla.

–No se trata de mí, se trata de ti. Y además, no creo que tú seas quién para darme sermones sobre relaciones. Según tu hija, cambias de mujer como de calcetines.

Draco sabía reconocer un farol cuando lo oía; él también los utilizaba de vez en cuando. Pero a diferencia de Eve, lo hacía de manera consciente. Tal vez no fuera culpable de haber creado la situación en un principio, como ella le había acusado de hacer, pero no le habían dolido prendas para aprovecharse de la situación. Por primera vez desde hacía meses, su madre se había marchado sin insinuar que iba a mudarse a su casa para ocuparse de Josie.

—No hacía falta que presionaras a mi hija para sacarle información, Eve. Si querías saber algo de mí, no tenías más que preguntarme.

—¡Yo no la he presionado! —estalló Eve echando fuego por los ojos—. Eres el tema de conversación favorito de Josie.

Draco alzó una de sus oscuras cejas.

—¿Y el tuyo no?

—Ah, yo te encuentro fascinante —ironizó ella.

—Así que has estado hablando de mí con mi hija.

—Ya sabes cómo somos las chicas cuando nos juntamos.

Draco respondió dirigiéndole una mirada extraña. ¿Estaría preocupado? Eve confiaba en que así fuera.

—No juegues conmigo, Eve —su voz encerraba por primera vez un tono de enfado cuando dio un paso adelante.

—¿Tengo que tenerte miedo? —el subidón de adrenalina que le agudizaba los sentidos la llevó a responder de un modo precipitado, algo poco común en ella. Aunque teniendo en cuenta los pasos tan precipitados que había dado últimamente, este último parecía bastante inocente.

Draco le tomó la barbilla entre los dedos y le alzó la cara.

–Algunas personas me lo tienen.

El poder, algo que para Draco era una consecuencia de su éxito financiero, no un objetivo en sí mismo, implicaba que estaba acostumbrado a ver el miedo y la envidia tras las sonrisas de la gente. Ellos veían la imagen pública y no al hombre, y Draco no tenía ningún problema. Su intención no era ser entendido ni que todo el mundo le quisiera.

–Pero tú no –aseguró.

No había modo de escapar de su ardiente mirada. Lo cierto era que Draco en sí no le daba miedo. Lo que le asustaba era el modo en que la hacía sentir.

Resistiéndose todavía a la posibilidad de tener más en común con su madre de lo que quería admitir, Eve sacudió la cabeza y dijo:

–¿Debería tenerlo?

Draco dejó caer la mano desde la cara hacia el hombro, y le acarició con el pulgar el escote mientras la miraba a los ojos.

–Seguramente. No quiero hacerte daño –pero eso no significaba que no pudiera recibir daños colaterales al pasar por su vida amorosa. Draco experimentó una repentina punzada de furia contra sí mismo. Se suponía que Eve no debía ser tan vulnerable, pero lo era. Y Draco lo había visto desde el principio.

Eve le miró con recelo. La sinceridad de Draco había acabado con su furia, tal vez merecía un poco de su sinceridad a cambio.

–Pensé que lo tenías todo planeado –admitió en voz baja.

Aunque Draco apartó la mano, siguió tan cerca de ella que a Eve le pareció que podía sentir el calor de su cuerpo.

–Cuando Josie me contó lo de la batalla por la custodia, pensé que cuando llegaste esta mañana a mi oficina sabías perfectamente lo que iba a pasar... quiero decir...

—Que terminaríamos haciendo el amor de forma salvaje en mi estudio y mi familia nos sorprendería.

Eve sintió que la temperatura de su cuerpo subía varios grados bajo su ardiente mirada.

—Estoy intentando disculparme.

Él alzó las cejas con gesto incrédulo.

—Ahora veo que fue...

—¿Algo espontáneo?

Eve frunció el ceño, molesta por la interrupción.

—Una serie de coincidencias.

Draco vio una sombra de culpabilidad cruzar su rostro como una sombra. Un corazón tierno podría ser una desventaja en el mundo de los negocios, y eso le llevó a preguntarse cómo era posible que Eve hubiera llegado tan lejos.

—Disculpas aceptadas. Ya conoces los detalles sobre la demanda de custodia que quiere interponer Clare. ¿Está Josie preocupada?

Draco pensaba que su hija se lo contaba todo. Pero por primera vez, Draco se detuvo a considerar la posibilidad real de que su hija lamentara no tener una madrastra con la que poder formar un lazo. No le gustaba la idea de que Josie se abriera a alguien que era una completa desconocida, como había hecho con Eve.

Su niñita estaba creciendo. ¿Tendría razón Edward? ¿Le faltaría un modelo femenino?

—Josie tiene fe total en tu capacidad para solucionar esto –y cualquier otra cosa que pudiera surgir. Cuando la adolescente hablaba de su padre, incluso cuando se quejaba, quedaba claro que le adoraba y que confiaba completamente en su capacidad para mantenerla a salvo.

Del mismo modo que a Eve la había protegido su madre. ¿Había sabido apreciarlo?

Draco asintió y experimentó una oleada de alivio. Pero las dudas permanecían bajo la superficie.

–¿No te preocupa la demanda de custodia? Quiero decir, los tribunales suelen favorecer a la madre, ¿no?

–Posible demanda de custodia.

Eve frunció el ceño ante la corrección.

–¿Crees que no va a seguir adelante con ella?

¿De verdad estaba tan confiado como parecía? Si ella estuviera en su lugar, con una niña tan estupenda como Josie a la que proteger... pero no estaba en su lugar, se recordó Eve, y Josie no era su hija. Lo que significaba que podía ser completamente objetiva, no como Draco.

–¿Josie nunca ha vivido con su madre?

–No, nunca –Draco arqueó una ceja–. ¿Crees que eso está mal?

A Eve le habían bastado unos minutos para darse cuenta de que la última persona a la que dejaría encargada de un niño sería a aquella mujer. En su opinión, Josie se merecía algo mejor.

–Creo que eso depende de la madre y de las circunstancias –aseguró con tacto.

–Clare abandonó a Josie cuando era un bebé.

–¿Cómo pudo hacer algo así? –en opinión de Eve, una madre tenía que cuidar de su hijo por encima de todo–. ¿Había otra persona? ¿O acaso sufrió una depresión posparto? –sugirió.

–No, sencillamente, se aburrió –Draco se sentó en el sofá y lo palmeó para invitarla a unirse a él.

–No, gracias.

Draco sonrió y Eve estuvo a punto de responder, pero se contuvo y frunció el ceño con rabia. Necesitaba esconderse detrás de la ira. Abrió los ojos con gesto de alarma antes de bajar las pestañas para ocultar su expresión.

–Clare pierde rápidamente el interés por las cosas.

Sorprendida por la afirmación, Eve levantó la vista.

–¿Incluso por su propia hija?

Draco se pasó la mano por la mandíbula.

–Por todo. Eso es algo que Edward todavía tiene que aprender.

Con los ojos clavados en ella, a Draco no se le pasó por alto su expresión de desagrado. Relajó los hombros y estiró las piernas.

–Así que ya no crees que lo de esta tarde forme parte de un plan maquiavélico ideado por mí.

Eve se encogió de hombros.

–Tal vez no –admitió.

Draco alzó las cejas.

–De acuerdo, definitivamente no. Te preocupa este asunto de la custodia, ¿verdad?

–Mira, esto no es cosa de Clare, es su prometido quien ha emprendido esta campaña por la custodia de Josie, y él tiene su propia agenda política. Pero no se da cuenta de que Clare está permitiendo que la manipule. Aunque sea rubia, no tiene ni un pelo de tonta. Clare es inteligente, y cuando hace falta, no tiene piedad.

Aquella afirmación provocó que Eve se estremeciera, sobre todo porque venía de Draco. Estaba claro que todavía sentía algo por la madre de su hijo, en opinión de Eve nada más explicaba que tolerara y justificara las acciones de Clare. La pregunta era: ¿cuán profundos eran esos sentimientos?

–¿Y a ti te parece bien?

–Clare quiere a Josie.

«¿Y tú quieres a Clare?». Eve no formuló aquella pregunta en voz alta. ¿Para qué, si ya conocía la respuesta? Tal vez Draco no quisiera admitirlo, pero para ella quedaba claro que la única razón por la que no había vuelto a tener una relación de verdad tras el divorcio, era que todavía estaba enganchado a su bella y egoísta exmujer.

–No, no estoy enamorado de Clare.

Eve abrió los ojos de par en par.

–¡No... no estaba pensando eso!

Él alzó las cejas en gesto escéptico.

–Mira, sé que no quieres saber lo que pienso –comenzó Eve.

–Pero me lo vas a decir de todas maneras, ¿verdad?

–Tal vez no deberías ser tan complaciente respecto a este asunto de la custodia. Los tribunales pueden ser impredecibles.

Draco pareció pensativo.

–¿Piensas que estoy siendo complaciente?

Eve pensaba que era guapísimo.

–Nunca viene mal tomar precauciones.

Él asintió lentamente.

–Mira, si quieres que sigan pensando que estamos... juntos a corto plazo, me parece bien. Si tú estás de acuerdo.

–Ven aquí y te enseñaré lo de acuerdo que estoy.

Eve no necesitó que la convenciera demasiado para caer en su regazo.

Capítulo 12

EVE se estaba dando los últimos toques de rímel cuando Hannah entró en la habitación. Se dio la vuelta en el taburete para mirar a su amiga, que ya se había puesto el regio vestido de noche. El corte imperio no disimulaba su embarazo.

–¿Cómo está Kamel?

–Bueno, él dice que bien –Hannah puso los ojos en blanco, no podía disimular la preocupación por la salud de su marido–. Pero lo cierto es que tiene fiebre y una cara fatal. Ojalá pudiera quedarme con él... –su amiga dibujó una sonrisa brillante y murmuró–: pero el deber me llama y los médicos dicen que los antibióticos le dejarán K.O. hasta mañana por la mañana. Tiene suerte de no haber pillado una neumonía...

–Se pondrá bien.

–Por supuesto que sí. No sabes cuánto te agradezco que estés aquí, Eve. Es la primera vez que organizo yo sola una cosa de estas y Kamel es el patrocinador de la obra benéfica, así que para mí es muy importante que haya un rostro amigo. Espero hacerlo bien.

–Lo vas a hacer de maravilla, y ya sé que me lo agradeces porque me lo has repetido diez millones de veces. No hacía falta. Ni tampoco este vestido –miró de reojo el vestido de un importante diseñador que había escogido de un perchero rodante con prendas similares que su amiga había metido en la habitación.

–Estás impresionante, Eve.

Eve alzó la vista y se le sonrojaron levemente las mejillas. Unas semanas atrás no habría creído las palabras de Hannah, aunque tampoco habría tenido la confianza necesaria para llevar aquel vestido rojo que se le ajustaba al cuerpo como un guante, resaltándole los senos, enfatizando su estrecha cintura y la suave curva de las caderas antes de caer a las rodillas con estilo flamenco.

Estar con Draco aquellas últimas semanas había logrado proporcionarle confianza en su propia sexualidad y en su encanto femenino. Aquello era un plus que había que añadir al estupendo sexo, y su risa... la parte mala... Eve compuso una sonrisa y se prometió que aquella noche no iría por ahí.

¿A quién quería engañar? Se había enamorado de Draco y tenía que disimularlo. Enterrarlo. No había otro modo de lidiar con aquella situación.

Se había enamorado completamente de un hombre que personificaba todo lo que se había pasado la vida evitando, y ni siquiera tenían una relación de verdad. Pero lo importante era que ella ponía sus normas.

Eve cerró los ojos. A efectos prácticos, aquello significaba que no estaba disponible cuando Draco chasqueaba los dedos, aunque en realidad lo estuviera. Aunque significara pasar noches solitarias y tristes cuando podría estar compartiendo su cama con él. Se repetía constantemente que valía la pena, porque significaba que ella tenía el control.

Eve reconocía el autoengaño, pero no era tan valiente como para admitirlo.

–Y no recuerdo cuándo fue la última vez que te vi con el pelo suelto. Apenas te reconozco –continuó Hannah.

–Yo tampoco me reconozco a mí misma últimamente –admitió Eve cuando las dos mujeres salieron
de la habitación.

Con las cámaras grabando cada gesto y bajo la luz
de las lámparas de araña, Hannah pronunció un discurso en nombre de su marido con calma y dignidad.
De hecho, estuvo tan bien que Eve dejó de pensar en
Draco durante diez minutos.

¿Qué estaría haciendo?

¿Con quién estaba hablando?

¿Qué pensaría de su vestido?

Draco tenía pensado pasarse al final de la velada
porque Kamel era un buen amigo y él siempre había
despreciado a los hombres que se olvidaban de sus amigos cuando tenían una relación sentimental. Aunque
aquel no era su caso. Eve y él tenían una relación civi-
lizada, y aunque eso era distinto a sus otras relaciones
en muchos sentidos, seguía sin ser algo permanente.

Josie había optado recientemente por estar interna
durante la semana en el colegio, y esa era la única razón por la que Eve dormía en su casa, aunque no tantas veces como a él le hubiera gustado. Eve tenía una
vida de la que él no formaba parte, y viceversa. Draco
se estaba diciendo a sí mismo lo ideal que resultaba
para él aquella situación cuando aquellos dos mundos
chocaron.

Fue completamente inesperado. Draco se limitó a
girar la cabeza para ver qué miraba el rubio con título
que le habían presentado nada más llegar, y se dio
cuenta de que estaba mirando a una mujer. A *su* Eve,
que parecía completamente en su salsa, sonriendo con
aquel vestido rojo tan sexy. Draco sintió cómo le su-

bía la temperatura al recorrer con la mirada las sinuo-
sas curvas de su cuerpo. ¡No debería llevar un vestido
así fuera de los confines de su habitación!

Sin ser consciente de que le estaba dando la espalda a un embajador que se le había acercado con la
mano extendida, Draco cruzó la sala.

–¿Qué diablos estás haciendo aquí? –le bramó a
Eve al oído.

Fue Hannah, que estaba al lado de su amiga, quien
parpadeó al mirar aquella figura alta que se cernía sobre Eve como un ángel oscuro y vengador.

La impresión de Eve dio paso a la indignación.

–¿Hay alguna razón por la que no debería estar
aquí? –respondió con falsa calma.

–Podrías habérmelo mencionado.

Eve alzó las cejas.

–Tú estás aquí, ¿acaso me lo habías mencionado?
–Eve se tapó la boca con la mano y murmuró–: Hay
un equipo de cámaras esta noche aquí, Draco. ¿Quieres transmitirle esta imagen al mundo? –se quitó la
mano de la boca y añadió alegremente–: Conoces a
Hannah, ¿verdad?

Draco inclinó la cabeza sin apartar la mirada de
Eve y dijo:

–Princesa, he sabido que Kamel no se encuentra
bien. Lo lamento –luego se giró hacia Eve y añadió–:
Me voy a casa, ¿vienes?

Hannah contuvo el aliento de forma audible.

Draco la miró un instante y luego volvió a dirigir
la vista hacia su amante. ¿Ni siquiera le había dicho a
su mejor amiga que estaban juntos?

Creía que las mujeres lo compartían todo... al menos todo lo importante. Se lo tomó como una traición.
¿Acaso se avergonzaba de él?

Eve entornó los ojos.

–No, no voy a ir.

Draco se encogió ostensiblemente de hombros.

–Muy bien. El viernes me voy a Nueva York.

–Que tengas buen vuelo.

–¿Estarás de vuelta para mi cumpleaños? –preguntó Josie al teléfono.

Draco se apartó de la ventana del hotel que daba a Central Park.

–¿Acaso no estoy ahí siempre en tu cumpleaños?

–Solo quería asegurarme. Va a ser una buena fiesta. La tía Gabby me va a preparar mi comida favorita.

–Espero que te estés portando bien con la tía Gabby.

–Siempre me porto bien, y a ella le encanta tenerme aquí. Pregúntaselo si quieres. La tengo al lado.

–Me fío de ti, Josie. Me preguntaba si has visto... –se detuvo en seco.

–¿Qué dices? Lo siento, papá, la señal no es muy buena aquí.

La señal funcionaba mucho mejor que su cerebro. Estaba tan desesperado por tener noticias de Eve, cualquier detalle aunque fuera nimio, que había estado a punto de interrogar a su hija adolescente para conseguir información sobre ella.

¿Qué diablos le pasaba?

Había perdido la cuenta de la cantidad de veces que había descolgado el teléfono, ansioso por escuchar su voz, pero nunca marcó su número. ¿Y por qué? Porque quería demostrar algo. No habían vuelto a hablar desde la noche de aquel maldito baile benéfico.

Patético. Y lo único que había demostrado hasta el

momento era ser un cobarde. ¿De qué otra forma podía calificarse a un hombre al que le daba miedo reconocer que necesitaba a una mujer, que necesitaba escuchar su voz, verla sonreír, ver cómo se quedaba dormida?

Suspiró en silencio. Le daba miedo admitir que por fin se había enamorado. Admitirlo vino acompañado de una cierta sensación de alivio. El amor le había convertido en un estúpido una vez y juró que no volvería a suceder. Pero había pasado.

—¿Sigues ahí, papá?

Draco se quedó mirando el teléfono que tenía en la mano antes de volver a ponérselo en la oreja.

—Te preguntaba si te importa que invite a Eve a mi fiesta de cumpleaños... por favor.

—Eso estaría muy bien.

Eve estaba nerviosa por conocer a Mark Tyler, pero la situación no fue tan incómoda como ella había imaginado. Para cuando sirvieron el café ya habían descubierto que tenían muchas cosas en común y hablaban como si se conocieran de toda la vida.

Podría haber sido así si las cosas hubieran sido distintas. Cuando aquel pensamiento se le pasó por la cabeza, miró la mano que Mark había puesto sobre la suya y suspiró.

—¿Estás bien? —le preguntó él con preocupación.

Se miraron a los ojos. Eve sacudió la cabeza y murmuró con emoción contenida:

—Sí, muy bien. Es solo que... yo...

—Te entiendo —admitió él.

Cuando terminaron el café, Mark pagó la cuenta y sugirió acompañarla de regreso a su apartamento en lugar de llamar a un taxi. Hacía una tarde preciosa y Eve no estaba todavía preparada para ponerle fin, así que accedió.

En el exterior, la acera estaba mojada pero había dejado de llover y el cielo estaba despejado. Eve metió los pies en un charco y se salpicó los zapatos nuevos y las medias.

–Cantando bajo la lluvia –dijeron los dos a la vez. Y se rieron.

–Es una de mis películas favoritas –reconoció ella.

–Todo un clásico –admitió Mark–. Entonces, ¿no te arrepientes de haber venido?

Eve le había confesado que había estado a punto de no ir. Todavía no había superado el impacto de que su hermanastro se hubiera puesto en contacto con ella tras descubrir su existencia revisando las cosas de su fallecido padre.

–Me alegro de que nos hayamos conocido. No sé por qué, pero pensaba que sabías que yo existía, seguramente porque yo sabía de ti, aunque se supone que no debía –aseguró Eve.

–Yo estaba muy asustado –admitió su hermanastro riéndose–. Amy me animó a buscarte, dijo que era lo correcto, y luego, cuando te vi en aquel baile benéfico, ella casi me obligó a acercarme a ti.

Eve sonrió. Mark había sacado constantemente el nombre de su mujer en la conversación; estaba claro que la adoraba, y eso era maravilloso. La relación con su padre, por la que siempre le había envidiado, había sido al parecer bastante mala. Lord Charlford había tratado mal a su hijo y heredero, aprovechando cada oportunidad para ridiculizarle. Fue su mujer quien le devolvió a Mark la confianza en sí mismo y la fuerza para escapar de la tóxica influencia de su padre.

–Dime que me ocupe de mis propios asuntos, Eve, pero... ¿hay alguien en tu vida? ¿Tal vez Morelli, el hombre que vi contigo?

Habían llegado a su casa, y Eve se detuvo y se dio la vuelta para mirar a su hermanastro.

–Hay alguien –admitió–. Pero no estoy segura. Solo hemos estado juntos un par de meses y no sé si él... –le tembló la voz y descubrió horrorizada que tenía los ojos llenos de lágrimas.

Desde que se marchó a Nueva York hacía casi tres semanas ya, no había vuelto a saber una palabra de Draco, aparte de un mensaje seco cuando aterrizó.

Eve había tenido mucho tiempo para pensar en sus expectativas respecto a Draco. Finalmente había admitido que quería todo lo que en el pasado despreciaba. Quería amar a un hombre sin límite y ser amada del mismo modo, y al parecer no iba a conseguir ninguna de las dos cosas porque Draco no iba a darle lo que necesitaba.

El sentido común le decía que aquel era un punto crucial en su relación. Cuando Draco volviera tenía que ser sincera con él, y si no podía darle lo que necesitaba, tendría que seguir con su vida.

Si su madre amaba a Charles Latimer como ella a Draco, ahora entendía por qué se había quedado con él.

Mark alzó una mano y le secó una lágrima con el pulgar.

–Siento que seas desgraciada –sus bellas facciones se contrajeron–. Sea quien sea él, es un idiota.

–No sé qué me pasa últimamente –el día anterior había tenido que salir de una reunión porque alguien había enseñado la foto de unos gatitos rescatados de una bolsa de basura.

–No te preocupes, estoy acostumbrado a las lágrimas. Desde que está embarazada, Amy llora por todo y por nada.

Su madre y Hannah también estaban embarazadas. Parecía que Eve era la única persona del mundo que no lo estaba.

Se quedó muy quieta, le empezaron a temblar las piernas y un escalofrío le recorrió el cuerpo.

–Oh, Dios mío.

–¿Qué pasa? –Mark observó alarmado cómo palidecía.

Eve trató de actuar con naturalidad, forzando una sonrisa y sacudiendo la cabeza.

–Nada, solo se me ha ocurrido pensar en una cosa... pero en realidad es una tontería.

O no. Pero tenía que asegurarse antes. Frunció el ceño y trató de recordar si el supermercado de la esquina estaba abierto las veinticuatro horas. ¿Venderían allí pruebas de embarazo?

–Te invitaría a tomar un café, pero estoy un poco cansada.

Mark asintió, la besó en la mejilla y luego la abrazó.

–Vendrás a visitarnos a Charlford, ¿verdad? Amy está deseando conocerte.

–Me encantaría, yo... –Eve se quedó de pronto sin habla.

Mark, que todavía tenía la mano en su hombro, se giró siguiendo la dirección de su asombrada mirada. Se dio la vuelta justo a tiempo para ver el puño que un instante después conectó con su mandíbula y lo tiró al suelo.

Eve soltó un grito y se arrodilló al lado de su hermano.

–¿Estás bien, Mark?

Mark sacudió la cabeza y apretó las mandíbulas.

–Sí. Me ha pillado de sorpresa, eso es todo –la expresión de asombro de sus ojos verdes fue sustituida por otra de furia cuando miró al hombre que se cernía sobre ellos.

–¿Qué diablos estás haciendo, Draco? –inquirió Eve poniendo un pañuelo de papel en la comisura de la boca de su hermano para contener la sangre.

La nebulosa roja que había descendido sobre Draco cuando vio a ese hombre acariciar la mejilla de Eve y luego abrazarla dio paso a una furia igual de letal pero tan fría como un bisturí.

–Te preguntaría a ti lo mismo, pero queda bastante claro –le espetó Draco.

–Oh, Mark, lo siento mucho.

Mark le quitó el pañuelo de papel.

–Y él también lo siente, ¿verdad, Draco? –dijo Eve.

–No.

Aquella contundente respuesta provocó que ella levantara la cabeza para decirle exactamente lo que pensaba... y entonces descubrió que se había ido. Se giró y le vio caminando calle abajo.

–Quédate aquí y no te muevas –le dijo a Mark apretando las mandíbulas con determinación–. Tengo que hacer una cosa.

Mark la agarró del brazo.

–Déjalo estar, Eve. Ese tipo es peligroso.

Eve dejó escapar un resoplido burlón.

–No le tengo miedo –aseguró.

Draco iba andando y ella corriendo, pero necesitó casi cincuenta metros para ponerse a su altura. Entonces le agarró del brazo.

–¿Estás loco? –le preguntó jadeando por el esfuerzo.

Draco elevó las comisuras de los labios.

–No, ya no –durante semanas había luchado contra la certeza de que la amaba, y finalmente admitió que tenía miedo. Sentía que había avanzado, cuando en realidad tenía razón al principio. Amar a alguien siempre terminaba mal.

Su críptica respuesta solo añadía un poco más de confusión a la que ya reinaba en su cabeza. Pensaba que Draco estaba en Estados Unidos, y de pronto sucedía aquel episodio con Mark.

–Ni siquiera estás aquí –Eve supo al instante que aquello era una estupidez.

–Sí, ya veo que mi presencia supone un inconveniente para ti –se burló Draco–. Siento haberte estropeado la velada. Supongo que sabes que está casado, ¿verdad?

Eve frunció el ceño y trató de entender qué estaba pasando. En aquel momento Mark se acercó a ellos. Tenía moratones en la cara, y Eve se sintió fatal al verlos. Se colocó entre los dos hombres.

–Déjale en paz –le advirtió a Draco.

Draco apretó las mandíbulas ante aquel gesto de protección.

–Tengo curiosidad... ¿es por el título? ¿O es que ahora te gustan los rubios guapitos?

Eve parpadeó. Y entonces cayó en la cuenta de lo que Draco pensaba. ¡Creía que la había pillado en una cita con un amante!

–¿Te da morbo estar liada con un casado? ¿O acaso eres como tu madre? Ya se sabe, de tal palo tal astilla. ¿Y qué papel juega tu padre en todo esto?

Eve no fue consciente de que había levantado la mano hasta que abofeteó la cara de Draco. Mark la apartó de él y le pasó el brazo con gesto protector.

–Está muerto. Nuestro padre está muerto –afirmó furioso.

Draco se quedó paralizado y miró primero a uno y luego a otro. Ambos le observaban con expresión de odio y disgusto.

–¿Es tu hermano? ¿Charlford era tu padre? –preguntó con voz estrangulada–. Yo pensé que...

–Tú pensaste que te estaba engañando y has dado a entender que mi madre tiene una moral cuestionable –aseguró Eve con frialdad.

–¡Yo no he dicho eso!

Aunque protestara, Draco fue consciente de que no importaba lo que dijera. No había vuelta atrás. Ella nunca se lo perdonaría. Había insultado a su madre y había pegado a su hermano. Le miraba con odio en sus preciosos ojos verdes, y se lo merecía.

–Es mejor así –afirmó Eve furiosa–. Me alegro mucho de haber descubierto antes de que sea demasiado tarde la clase de imbécil intolerante y malvado que eres.

Draco apretó las mandíbulas. No estaba diciendo nada que no se mereciera. El arrebato de celos que había sufrido al ver a Eve con otro hombre le había superado. Nunca había experimentado nada parecido y no quería volver a vivirlo.

–¿Qué te puedo decir? –preguntó en voz baja.

–¿Y si me dices que lo sientes? –sugirió Eve con tono gélido.

–Lo siento –dijo Draco incluyendo a Mark en su respuesta.

–¿Se supone que con eso quieres mejorar las cosas? –Eve no estaba por la labor de calmarse–. ¡No quiero volver a verte nunca más! –gritó como una salvaje. Y luego, agarrando a su hermano del brazo, se dirigió a la entrada de su edificio sin detenerse hasta llegar al vestíbulo–. ¿Viene detrás? –le preguntó a Mark apretando los dientes.

–No te preocupes, se ha ido –aseguró su hermano con una sonrisa.

–¿Se ha ido? –repitió ella con un suspiro.

–Sí.

A Mark se le borró la sonrisa cuando su hermana rompió a llorar.

Capítulo 13

L A SECRETARIA de Draco estaba sentada en su escritorio cuando él entró en la oficina.

–¡Es él! –dijo ella haciendo aspavientos.

–Pásame la llamada a mi despacho –no preguntó de quién se trataba, solo había una persona capaz de sonrojar a su secretaria de mediana edad, y ese era Kamel, el príncipe de Surana–. Hola, Kamel, ¿qué puedo hacer por ti?

–Echarle valor.

Aquella era una respuesta que solo podía dar un amigo, pero Draco alzó las cejas.

–¿He hecho algo que te haya molestado?

–Has hecho algo que ha molestado a mi esposa, que es lo mismo. Eve es la mejor amiga de Hannah, Draco. ¡Ahora son incluso hermanas! Tu nombre está prohibido en mi casa. ¿Qué diablos te pasa, amigo?

Kamel no era el primero que le echaba la bronca. Josie había dejado de preguntarle por Eve, pero podía ver la desaprobación y la decepción en sus ojos cada vez que le miraba.

Su mejor amigo, su hija... ¿debería hacer caso al mensaje? Pero no, Eve había dejado muy claros sus sentimientos, y aunque hiciera lo imposible por conseguir que volviera con él, ¿quién decía que no volvería a suceder? Él era como era.

–El caso es que no te llamo para echarte la bronca. Espero estar haciendo lo correcto... como sabes, Hannah está embarazada y los médicos no la dejan viajar en este momento. Y yo no voy a dejarla sola.

Draco sintió como si le hubieran propinado un puñetazo en el pecho.

–¿Le ha pasado algo a Eve?

–No, Eve está bien. Es su madre, Sarah. Se la han llevado a toda prisa al hospital. Al parecer sufre una severa preeclampsia y van a sacarle al bebé antes de tiempo para darle una oportunidad.

–¿Esto te lo ha contado Charles?

–No, ha sido Eve. Al parecer Charles no podía ni hablar del disgusto. Hannah está preocupadísima por Eve, por su padre y por Sarah, y se siente muy culpable por no poder estar allí. Está enfadada conmigo porque no quiero dejarla e ir a ocuparme de la situación. Tengo muy claro que mi sitio está aquí con ella, pero si pudiera decirle que alguien va a estar con Eve, que no va a tener que pasar por esto sola...

Draco apretó las mandíbulas.

–Soy la última persona del mundo a la que Eve querría ver allí.

–Esto no se trata de ti.

El comentario golpeó a Draco con la fuerza de una patada bajo el cinturón. Necesitaba oír algo así. Tal vez Eve no le quisiera en su vida, y tenía sus motivos, pero sería un estúpido si no intentaba convencerla para que cambiara de opinión. Pero eso sería en el futuro. Ahora la prioridad era estar ahí para ella, liberar sus pequeños hombros de tan pesada carga.

A medio camino de la puerta, con las llaves en la mano, Draco le dijo a Kamel:

–Voy para allá –estaba a punto de lanzarle el teléfono a su secretaria cuando se dio cuenta de que no sabía dónde iba–. ¿En qué hospital está?

Draco recorrió cada segundo de los cincuenta kilómetros con las mandíbulas apretadas y los nudillos blancos de sujetar con tanta fuerza el volante. Se torturaba al pensar que Eve estaba pasando por aquello sola. Sola. La palabra no dejaba de reverberar en su cabeza.

Pues bien, ya no tendría que enfrentarse sola a nada más.

Él iba a estar allí para ella tanto si Eve quería como si no. No iba a dejarla ni a sol ni a sombra.

«Muy bien, Draco, intenta salirte con la tuya como una apisonadora, que hasta ahora te ha ido muy bien. ¿Qué te parece si demuestras un poco de humildad y dejas que Eve decida si quiere que estés ahí o no?», se dijo.

El hospital era un laberinto de pasillos, pero finalmente encontró a alguien que fue capaz de decirle dónde estaba la sala de espera. La expresión seria de la enfermera no era una buena señal.

Eve iba a necesitar mucho apoyo si algo le había pasado a su madre. ¿Habría contactado alguien con su hermano?

–¿Señor Morelli?

Draco dejó de caminar arriba y abajo y se giró hacia el médico de bata blanca que había entrado en la sala. Asintió con la cabeza para indicar que era él.

–¿Hay alguna noticia?

–¿Es usted de la familia?

Draco tuvo que hacer un gran esfuerzo para no mostrarse ofendido por la pregunta después de todo el tiempo que llevaba allí esperando.

–Soy Draco Morelli. Eve Curtis es mi prometida.

El médico suavizó la expresión y le tendió la mano.

—Lo siento, pero antes hemos tenido un incidente. Un reportero se enteró de lo que había pasado y llegó hasta las puertas de la sala de recuperación vestido de operario. Una enfermera le guiará a la unidad de prematuros.

—¿Ha sido niño?

El médico asintió.

—Es muy pequeño, como cabía esperar, pero su condición es estable. Lo que más nos preocupa en estos momentos es la madre.

Cuando llegó a la unidad de cuidados especiales de prematuros, Draco se sintió muy alejado de su zona de confort. Asintió para dar las gracias cuando le dieron una bata y, tras lavarse las manos, le guiaron hacia una zona de la sala que tenía un panel de cristal.

La enfermera que le acompañó estaba diciendo algo reconfortante, pero Draco solo entendía la mitad de las palabras. El corazón se le detuvo en el pecho al ver a Eve a través del cristal sentada al lado de la puerta. Llevaba también una bata quirúrgica, y tenía la vista clavada en el pequeño trozo de humanidad que estaba en la incubadora, conectado a unos tubos y a unas máquinas que emitían pitidos. El niño parecía más pequeño que la mano de Eve, y la expresión amorosa de su rostro mientras acariciaba con el dedo la minúscula mejilla del bebé, provocó que a Draco se le llenaran los ojos de lágrimas.

Eve oyó entrar a la enfermera, pero no apartó la mirada de la pequeña figura de la incubadora. Los bebés debían ser rollizos y rosados, pero su hermanito era minúsculo y tenía la piel brillante. Parecía tan frágil que le daba miedo tocarle, aunque decían que el contacto era bueno para él.

Al escuchar unos pasos, Eve levantó la mano y giró la cabeza. Abrió los ojos de par en par al verle.

Draco había anticipado muchas reacciones por parte de Eve, pero no la que tenía delante.

Algo para lo que tampoco estaba preparado era la fuerza de los sentimientos que se desataron en su interior al verla. Parecía tan vulnerable y estaba tan bella que en aquel momento supo que habría dado la vida por evitarle aquel momento de dolor.

Parecía una persona en trance cuando se puso de pie. No le gritó, no le rechazó, sino que esbozó una sonrisa trémula.

−¿De verdad estás aquí? −era como un sueño, aunque las últimas horas habían sido una completa pesadilla.

Draco se acercó a ella en dos pasos, y Eve se lanzó a sus brazos, rodeándole la cintura y apoyando la cara en su pecho. Draco hizo lo único que podía hacer: la rodeó a su vez con sus brazos mientras ella sollozaba.

−Lo siento −murmuró Eve contra su pecho. Los sollozos habían disminuido, pero ella seguía allí apoyada, incapaz de apartarse−. Te he echado de menos.

La presencia de Draco llenaba cualquier habitación en la que entraba, pero en aquella caja antiséptica y blanca resultaba abrumadora aunque también intensamente reconfortante. Eve se había sentido hasta entonces desesperadamente sola, incapaz de reprimir los pensamientos negativos que se le pasaban por la cabeza.

Y ahora ya no estaba sola. Se apartó del pecho de Draco, se llevó una mano al vientre y recordó que no estaba sola y nunca más volvería a estarlo. No era el momento ni mucho menos el lugar para hablar de la nueva vida que crecía en su vientre cuando había otra vida nueva luchando desesperadamente por salir adelante.

Y no solo eso...

Los labios le temblaron al sentir cómo los ojos se le llenaban de lágrimas.

–Mi madre podría morir, Draco.

Él le acarició la mejilla suavemente con los dedos antes de tomarle las manos y colocárselas en el pecho.

–¿Por qué pensar en lo peor? Tu madre está en el mejor sitio posible, y torturarte de ese modo no va a ayudarla. Lo que necesitas es un descanso.

Eve esbozó una tenue sonrisa. Necesitaba el amor de Draco. Lo anhelaba. Por ese amor se despertaba en medio de la noche sintiendo su vacío como un gran agujero negro en el pecho. Los sentimientos que llevaba semanas conteniendo amenazaron con hacer explosión. Quería contarle a Draco lo del bebé, pero mantuvo el control. Aquel no era el momento ni el lugar.

–¿Has visto a Charles? –le resultaba extraño preocuparse de alguien a quien durante tanto tiempo había odiado, pero así era. Nunca pensó que a Charles Latimer le importara de verdad su madre, pero lo primero que les dijo a los médicos fue que hicieran todo lo posible por salvar la vida de su mujer.

Había estado repitiendo lo mismo una y otra vez, y seguía al lado de Sarah en lugar de estar con su heredero.

Draco sacudió la cabeza.

–No, no le he visto.

–Esto está siendo muy duro para él –admitió Eve.

Ella había tenido que controlar su propio miedo para calmar a su padrastro, y cuando lo consiguió, las lágrimas de Charles le habían resultado todavía más difíciles de lidiar.

–Yo también te he echado de menos.

Aquellas palabras roncas la llevaron a alzar la mirada hacia él. Quiso decirle: «Si me has echado tanto de menos, ¿por qué demonios te fuiste y no volviste?». Pero se mordió el labio y preguntó:

–¿Cómo te has enterado de lo de mi madre?

–Kamel me llamó para contármelo. También me dijo que Hannah está preocupadísima por ti y muy frustrada por no poder estar a tu lado en estos momentos.

–No sé por qué te han llamado. No tenías que haber venido.

Los oscuros ojos de Draco se mostraron tiernos cuando le apartó un mechón de la cara.

–Los dos sabemos que eso no es cierto.

Eve se lo quedó mirando durante un largo instante y luego, sin decir una palabra, apartó la vista y volvió a tomar asiento en la silla que había al lado de la cuna. Tenía una expresión de desdén, pero su lenguaje corporal decía otra cosa.

Sus típicos mensajes contradictorios, pensó Draco. Apretó las mandíbulas con frustración. No tenía claro qué respuesta esperaba, pero cualquier cosa habría sido mejor que aquel silencio.

¿Acaso no había sido suficientemente claro?

¿Esperaba Eve que se arrastrara?

¿Qué quería?

¿Tal vez un poco de humildad?

Su furia desapareció tan rápidamente como había surgido. Lo cierto era que haría cualquier cosa para recuperar a Eve... y sinceramente, se había mostrado de lo más inoportuno.

«Los dos sabemos que eso no es cierto», había dicho. En otras circunstancias, Eve se hubiera echado a reír.

Lo cierto era que sentía que no sabía nada, y entendía todavía menos. Le dolía la cabeza por la falta de sueño y el estrés incesante de no saber si su madre estaba bien. Tenía las hormonas disparadas y, para colmo, su secreto le pesaba sobre la conciencia. Draco podría estar diciendo lo que ella quería oír, o tal vez estuviera confundiendo la simple amabilidad con otra cosa.

Eve no podía confiar en su buen juicio. Y esto era demasiado importante para cometer errores y quedar expuesta al ridículo, o peor todavía, a la compasión.

Draco se acercó un poco más y bajó la voz al acercarse a la cuna de cristal.

—¿Cómo está?

—Dicen que es un luchador.

Draco tenía la sensación de que necesitaba serlo, pero no dijo nada.

—¿Cuánto tiempo llevas aquí?

—No tengo ni idea —reconoció ella.

—Estás agotada.

—Estoy bien. El que está destrozado es Charles. Quiere a mi madre de verdad, pero yo nunca pensé que fuera así. Creí que se había casado con ella por el bebé —deslizó la mirada hacia la incubadora—. Pero estaba equivocada. Muy equivocada en muchas cosas. Si mi madre muere, nunca podré decirle que lo siento —le temblaron los labios y parpadeó para contener las lágrimas que inundaban sus luminosos ojos.

Draco se apoyó en el respaldo de su silla.

—Tu madre está recibiendo los mejores cuidados posibles.

Eve giró lentamente la cabeza para mirarle. La tristeza encubierta de sus increíbles ojos despertó en él todo el instinto protector que poseía. Solo quería abrazarla... para siempre. Le rozó suavemente la mejilla con el dedo pulgar.

–Juzgué a mi madre por su aventura con Charles, pero siempre pensé que se había visto atrapada en aquella situación, que no tuvo alternativa. Que si terminaba con él se quedaría sin trabajo y sin hogar. Me dije a mí misma que por eso siguió con la relación.

Eve sacudió la cabeza.

–Nunca se me ocurrió preguntárselo a ella, nunca hablamos del tema y...

Dio un respingo al escuchar el sonido de una alarma y miró hacia la cuna con pánico.

Entonces entró una figura uniformada en la sala. Eve sintió la reconfortante presión de los dedos de Draco en el hombro mientras veían cómo la enfermera miraba al bebé antes de presionar unos cuantos botones.

–¿Está...?

–Está bien. Todos los padres se asustan al principio, pero luego aprenden a leer estas máquinas mejor que nosotras. La sala de padres está el fondo del pasillo, por si quieren tomarse un café o darse un respiro. Mi nombre es Alison, acabo de entrar al turno y voy a cuidar de... ¿ya saben cómo se va a llamar?

Eve negó con la cabeza.

–De acuerdo, nos veremos más tarde –la enfermera de mejillas sonrojadas escudriñó el rostro de Eve–. ¿Se encuentra usted bien, mamá?

Eve no tenía fuerzas para hablar, y menos para corregir el error. Ahora era un error, pero en un futuro no muy lejano no lo sería.

¿Y si no era una buena madre? Oh, Dios, no estaba preparada para aquello.

Y si ella no lo estaba, ¿qué pensaría Draco?

Había imaginado su reacción una docena de veces cada día.

Había imaginado todas las reacciones posibles, cada acusación que podría lanzarle con el calor del momento, y ella había trabajado todas sus respuestas, frías, calmadas y comprensivas. No se sentiría herida, se mostraría como una mujer adulta. Iba a ser madre, se dijo. Había llegado el momento de crecer.

Capítulo 14

ESTABA lista y completamente preparada.
Se había acostado cada noche pensando en que debía contactar con Draco al día siguiente, y al despertarse encontraba siempre una razón perfectamente válida para dejarlo para otro día. Y el día que finalmente descolgó el teléfono, la llamada fue enviada directamente al buzón de voz. Decidida a no echarse atrás ahora que había llegado hasta ahí, Eve llamó a su oficina. Una secretaria con tono prepotente la tuvo esperando durante un buen rato y finalmente le dijo que el señor Morelli no estaba en la oficina aquel día, que estaba fuera del país.

En cuanto colgó el teléfono, Eve pensó en las cosas que podría haberle dicho, pero no quería cargar contra el mensajero. Así que fuera del país... sí, claro. Draco debería encargarse él mismo del trabajo sucio. Eve ya se había puesto la chaqueta para salir a enfrentarse con él, pero de pronto perdió el coraje.

Tenía que volver a encontrarlo pronto.

–Siento no haber corregido a esa enfermera y no haberle dicho que no éramos los padres –dijo ahora.

Al escuchar su tono lloroso, Draco aspiró con fuerza el aire y luego lo soltó. Josie había estado bastante enferma un par de veces, y eran momentos que no quería revivir.

–Lo siento. Sé que tendría que habérselo explicado, pero...

Draco dejó escapar un silbido de desesperación, rodeó la silla y se puso delante de ella de cuclillas mirando su rostro pálido y triste.

–¿Puedes dejar de disculparte y de pensar que todo es culpa tuya? No es así.

–¿No? No sabía lo que mi madre sentía. Yo decidí lo que pensé que debía sentir.

Draco soltó una carcajada amarga.

–Es lo mismo que ser padre. Yo llevo haciendo eso catorce años.

Eve le miró y sintió cómo se le hinchaba el pecho con el amor que sentía.

–Eres un buen padre.

Y lo sería también para su bebé. En sus momentos más calmados y racionales, Eve lo tenía claro, y también sabía que, cuando se le pasara el enfado y se acostumbrara a la idea, podría contar con él.

Pero Eve no quería obligaciones, quería amor.

–Yo estaba convencida de que, si mi madre hubiera tenido una opción, la habría aprovechado –admitió Eve con pesar–. Entonces me parecía todo muy simple, blanco o negro. Me he portado como una cría.

–No, eres una hija que quiere mucho a su madre. ¿Qué sentido tiene castigarte con esto, Eve? Llega un momento en el que la culpabilidad se convierte en autocompasión. No eres responsable de lo que ha pasado –aseguró con firmeza.

Eve bajó la cabeza y se mordió el labio inferior mientras escuchaba.

–No me excuses, soy una persona horrible –alzó la cabeza y le torció el gesto–. ¿Por qué sonríes?

–Porque no eres una persona horrible, y aunque lo

fueras... –Draco se detuvo. Había estado a punto de decir: «Aunque lo fueras te amaría». No era el momento–. ¿Qué te parece si seguimos el consejo de la enfermera y nos damos un respiro? No voy a aceptar un no por respuesta.

–Como siempre –murmuró Eve mirando hacia el bebé–. Ni siquiera es capaz de respirar por sí mismo.

–No puedes hacer nada aquí, y si ocurre algún cambio, nos lo harán saber. Charles está con tu madre. Y ella está bien.

–¿Te lo han dicho?

Draco no podía soportar ver la esperanza reflejada en sus ojos esmeraldas.

–Hablé con uno de los médicos cuando llegué –dijera lo que dijera, no repercutiría en el resultado final, y para Eve sería más fácil soportarlo así. Así que, en lo que a él se refería, una mentirijilla no tenía importancia.

–Es tan pequeño, y con todos esos tubos... –a Eve se le entrecortó la voz por la emoción–. Si algo le sucediera a mi madre, se quedaría solo.

–No estaría solo. Os tendría a Charles y a ti. Ahora mismo está asustado, pero pase lo que pase, quiere a su hijo. ¿Cómo podría ser de otra manera?

–Mi padre no me quería a mí –murmuró ella con voz cansada–. Quería que mi madre abortara, le mandó una carta diciéndoselo. Yo la encontré. Nunca se lo dije a mi madre, volví a guardarla. Mi madre solo era una estudiante que trabajó en su hacienda durante el verano. La trató como si fuera una basura, y a mí igual. Solo quería librarse de mí.

Draco sintió una punzada de dolor por la niña que fue. Si Charlford estuviera allí ahora... pero no lo estaba. Había muerto, pero le había robado a Draco la satisfacción de enfrentarse a él. Suspiró y la miró.

–Estás mejor sin un padre así.

–Eso es lo que dice Mark también.

De pronto los recuerdos de su último encuentro surgieron entre ellos, y el aire pareció más pesado.

–Tu hermano no es ningún idiota. ¿Se encuentra bien después de que yo...?

–Está bien.

–Me alegro. Esa noche te dije cosas para herirte –Draco sacudió la cabeza apesadumbrado–. Estaba celoso –le resultó más fácil admitirlo ante ella que ante sí mismo.

Eve abrió mucho los ojos ante aquella confesión.

–Eso fue lo que Mark dijo también –murmuró, asombrada ante lo que implicaban sus palabras–. Le dije que era una tontería, que tú no eras celoso.

Los labios de Draco esbozaron una media sonrisa.

–Tienes razón. No soy celoso excepto a lo que ti se refiere –la miró fijamente–. Me gustaría decirte que no volveré a actuar nunca así, pero creo que, si te veo besando a otro hombre, lo haría. Sabes que me vuelves loco desde el momento en que te vi, ¿verdad? –Draco se pasó una mano por el pelo–. No puedo hablar de esto aquí.

Eve se puso lentamente de pie. Su cabeza era un auténtico caos. Estaba confundida, asombrada, emocionada. Miró hacia su hermano y se debatió entre el deber y el deseo.

–Siento como si le estuviera abandonando.

–De acuerdo, lo entiendo. Yo necesito un respiro. ¿Te traigo algo?

Eve negó con la cabeza y le miró marcharse. La puerta acababa de cerrarse cuando volvió a abrirse y entró la misma enfermera de antes.

–Voy a acomodar un poco a este pequeño. ¿Por

qué no se va a tomar algo con su hombre? Para ellos puede llegar a ser muy duro, ¿sabe? Contienen demasiado sus emociones. El pequeño no estará solo, yo estaré aquí mismo, en el escritorio –señaló con la cabeza hacia la zona de enfermería.

Eve se quedó allí quieta un instante y luego asintió, sonriendo antes de lanzarle un beso a su hermano.

Peleándose con la bata blanca, que le quedaba enorme, alcanzó a Draco en la puerta de la sala de padres. Pero estaba saliendo, no entrando.

–¿No vas a...?

Draco giró la cabeza y la miró. Eve se olvidó de todo excepto de que era el hombre más guapo que había visto en su vida. La forma de su cara, los ojos, los labios, la cicatriz... todo. Le resultaba inconcebible haber pensado en algún momento que estaban mejor cada uno por su lado.

Aspiró con fuerza el aire. Ahora le tocaba el turno a ella. Se lanzó hacia lo desconocido y las palabras le salieron precipitadamente de la boca antes de que pudiera cambiar de opinión.

–Cuando te marchaste aquel día, sentí como si te hubieras llevado un trocito de mí –Eve alzó la mano con la intención de llevársela al corazón, pero gruñó frustrada porque el cinturón de la bata se le había enredado al cuello debido a los impacientes tirones–. Oh, vaya. ¿Me puedes ayudar? Me estoy estrangulando y no llego...

–No te muevas.

Los dedos de Draco permanecieron firmes cuando le rozaron la piel de la nuca. Eve no estaba nada firme; estaba temblando y el menor roce de sus manos le provocaba descargas eléctricas.

–Ya está.

Eve mantuvo la cabeza baja mientras se sacaba el brazo por la manga.

–Yo siempre tan inoportuna –murmuró cuando por fin se quitó la bata. Entonces alzó la vista hacia Draco y vio que estaba muy pálido y tenso, con la vista fija clavada en...

Bajó otra vez la cabeza.

Entonces se dio cuenta de que estaba en pijama, porque solo había tenido tiempo para ponerse unas botas y una chaqueta encima.

–Estaba en la cama cuando me llamaron para... –comenzó a explicarse.

Pero se detuvo al darse cuenta de que no era el pijama lo que estaba mirando, sino a ella. Más concretamente, al pequeño pero inconfundible bulto del vientre. Durante semanas había sido su centro de atención constante, y justo ahora se le olvidaba.

Eve alzó muy despacio la mirada desde la curva de su vientre hasta el rostro de Draco. Su expresión seguía sin indicar nada.

Ni siquiera sabía si respiraba.

La certeza de lo que había recibido resultó completamente abrumadora. La vida, la vida que habían creado juntos crecía dentro de Eve... y la sensación de felicidad fue seguida al instante por un miedo insidioso que extendió sus raíces como un cáncer. Tenía tanto que perder en aquellos momentos, aquella felicidad era tan frágil que podría serle arrebatada en cualquier momento.

–Entiendo que esto sea un shock para ti, pero ¿qué...?

La chaqueta de Draco todavía conservaba su calor cuando se la echó por los hombros. Todavía no le había dicho nada, y Eve se preguntó si aquella iba a ser la respuesta de Draco, ignorarlo para que desapareciera.

El dolor que sintió en el pecho se transformó en rabia.

–¿No vas a decir nada?

Draco apretó los músculos de su angulosa barbilla y cerró cuidadosamente la puerta de la sala de espera.

–Aquí no. Necesito un poco de aire fresco. Y un poco de intimidad.

Y ella necesitaba respuestas. Necesitaba algo de él tras varias semanas sin saber nada.

–¿Por qué?

Draco alzó una ceja y dijo en voz baja:

–Piensa en dónde estamos, Eve. Esto es una unidad de bebés prematuros.

Ella se llevó inconscientemente las manos al vientre. Ladeó la cabeza y dirigió la mirada hacia la puerta cerrada.

–De acuerdo, pero no puedo estar demasiado tiempo lejos de mi hermano.

–Lo que tengo que decir no llevará mucho.

Eve trató de sentirse reconfortada con aquellas palabras y también trató de seguirle el rápido paso. Todos los pasillos le parecían iguales, aquel lugar era un laberinto, pero Draco parecía saber exactamente hacia dónde se dirigía.

Seguramente durante el día, aquel rincón de gravilla con flores y bancos estaría muy concurrido, pero a aquellas horas de la noche estaba vacío.

Cuando salieron, Eve aspiró con fuerza el aire fresco. Aquel no estaba siendo un buen día.

–Iba a contarte lo del bebé –aseguró.

–¿Cuándo?

–Hace seis semanas.

–Eso es concretar mucho –Draco bajó la vista hacia su vientre. Todavía no lo había asumido. Un bebé. Un escalofrío cálido le recorrió el cuerpo al imaginarla con el niño al pecho.

–Llamé a tu oficina. Me dejaron esperando mucho tiempo y luego me dijeron que no estabas en el país –Eve bajó la mirada y recordó el dolor y la rabia que había sentido y que todavía seguía sintiendo–. Capté el mensaje.

Draco entornó la mirada.

–Pues yo no –la culpable debía de ser la secretaria temporal que lo único que hacía era limarse las uñas y que había ofendido al menos a dos clientes.

No le sorprendía, pero le enfurecía, y ya había dejado claro a la agencia que la había enviado que no estaba en absoluto satisfecho con su trabajo.

–¿Y cuándo está previsto que nazca?

–En Navidad –Eve se llevó otra vez la mano al vientre y dijo a la defensiva–: Ya sé que he engordado mucho.

–Estás preciosa, y serás una madre perfecta –Draco nunca había asociado el embarazo a la sensualidad, pero al mirar a Eve y saber que su hijo crecía dentro de ella, la deseaba todavía más.

Draco tomó asiento en uno de los bancos. Parecía no encontrarse bien. Nada estaba saliendo como ella pensaba.

–Supongo que estás en estado de shock.

–No, lo que estoy es enamorado –afirmó él sin vacilar–. Pensé que te había perdido. Y cuando te vi con Mark, no pude soportarlo. Quería matarle. ¿Qué diablos hacemos llevando vidas separadas y fingiendo que podemos estar cada uno por nuestro lado? Yo no puedo, sé que no puedo. Te necesito, Eve.

Ella se lo quedó mirando. El corazón le latía con fuerza.

–No hace falta que digas eso –susurró.

–Tengo que decirlo –aseguró Draco tomándola de las muñecas y atrayéndola hacia sí. Entonces la besó con infinita ternura.

Eve lloraba de alegría.

–Dilo –susurró. Necesitaba verlo en sus ojos cuando pronunciara aquellas palabras, solo entonces se atrevería a creerlo.

–Te amo, Eve. ¿Quieres darme una segunda oportunidad?

–Oh, Draco, he sido tan desgraciada sin ti... te amo tanto...

Él soltó un gruñido y la besó apasionadamente. La sonrisa se le borró del rostro cuando se retiró y vio la tristeza en sus ojos.

–¿Qué ocurre?

Eve sacudió la cabeza.

–Me parece mal sentirme feliz en un momento así.

–¿No querría tu madre verte feliz?

Ella asintió entre lágrimas.

–Entonces, seamos felices. Las celebraciones pueden esperar, pero lo importante es que nos tenemos al uno al otro, y pase lo que pase, aquí y en otros momentos, estaré a tu lado. Lo sabes, ¿verdad, Eve?

A ella le brillaron los ojos de felicidad cuando miró el rostro del hombre tan increíble al que tanto amaba.

–Lo sé.

Draco volvió a besarla antes de que entraran otra vez en la sala... juntos.

Epílogo

ESTÁ nevando! ¡Está nevando!
Josie corrió al estudio, donde su padre estaba colocando en la copa del árbol el ángel que ella había hecho a los seis años.

Eve, que parecía tan emocionada como su hijastra, se balanceó sobre los pies.

–Nieve en Navidad, ¿qué más se puede pedir? –suspiró feliz.

–¿Qué te parece una hora de sueño? –sugirió su compañero, más pragmático.

–Anoche dormimos tres horas –la falta de sueño se había convertido en un modo de vida, pero privado de sueño o no, su marido seguía siendo el hombre más guapo del planeta, y desde que dio a luz dos semanas atrás, estaba siempre en casa para ayudarla.

Eve lo necesitaba. La ecografía que se hizo con Draco al lado mostró con claridad la razón de su aumento de peso. La visión de los dos pequeños corazones latiendo había hecho llorar a Eve.

Draco no reaccionó en el momento, y tardó semanas en hacerlo. Pero cuando lo hizo, compró una casa en el campo.

–Ha sido un impulso –admitió–. Cuando fui a ver a Gabby pasé por aquí delante y pensé que sería un buen lugar para nuestra familia. Pero si no te gusta...

A Eve le encantaba, así que ahora su hogar era una

casa victoriana situada a unos cinco kilómetros de donde vivía la hermana de Draco. Josie estaba encantada de tener tan cerca a su prima.

Durante el embarazo, Eve y Gabby se hicieron amigas, y desde el nacimiento de los gemelos, había sido un gran apoyo, igual que Josie, que estaba encantada con sus hermanos. La amenaza de custodia había desaparecido. Clare había abandonado toda idea de que Josie viviera con ella tras canalizar su instinto maternal hacia su último proyecto: un santuario de burros.

–La nieve está cuajando –comentó Eve–. ¿Crees que mi madre y Charles podrán llegar?

Al día siguiente tendrían a mucha gente a la mesa, aunque Veronica había decidido pasar la Nochebuena con Gabby. Sin embargo, todos irían al día siguiente a comer. Y por supuesto, también estaría allí Joe, el hermanastro de Eve, que ahora era un muchachito rollizo y sano al que no le había quedado ninguna secuela. Sarah había pasado cuatro días en Cuidados Intensivos, y finalmente se había recuperado y había vuelto a casa una semana antes que Joe.

–Estarán bien.

Draco se acercó a ella por detrás y le puso las manos en los hombros. Eve se reclinó contra él, se sentía segura y querida.

–Nuestra primera Navidad juntos. Ojalá Hannah estuviera aquí –murmuró melancólica.

–Vendrá en Nochevieja.

–Estoy deseando ver al bebé –Hannah había dado a luz a una preciosa niña llamada Cordelia, y le había pedido a Eve que fuera la madrina–. Cuánta paz –suspiró y miró hacia la nevada escena.

Y justo en aquel momento se escuchó el llanto de un bebé.

Eve se giró y ocultó el rostro en el suéter de Draco.

–No debería haber tentado al destino –murmuró.

–¿Es Davide o Dario? –preguntó Draco.

Sus hijos tenían ya personalidades muy definidas, pero para Draco sus llantos eran tan idénticos como sus rostros, y le maravillaba que Eve pudiera diferenciarlos.

Ella giró la cabeza y escuchó un instante.

–Davide –se dirigió hacia las escaleras, pero él la retuvo.

–No, tú siéntate aquí y te los traemos, ¿verdad, Josie?

Josie, que siempre estaba dispuesta a ayudar, se puso de pie de un salto.

Draco se giró al llegar a la puerta y volvió a acercarse a Eve.

–¿Te he dicho ya hoy cuánto te amo?

Eve sonrió cuando sus labios rozaron los suyos.

–Una o dos veces –murmuró contra su boca.

Josie, que había vuelto a entrar al ver que su padre no venía, puso los ojos en blanco.

–¡Otra vez no! Se supone que sois los adultos responsables aquí. ¡Subid a una habitación!

Una noche que lo cambió todo...

Arion Pantelides siempre mantenía el dominio de sí mismo. Sin embargo, una noche quiso olvidarse de todo con una desconocida impresionante. La pasión dejó paso enseguida a la furia cuando él, que valoraba la sinceridad por encima de todas las cosas, descubrió que la mujer que se había derretido entre sus brazos acababa de enviudar. El matrimonio de Perla Lowell había sido una farsa muy dolorosa, pero en esos momentos, sola y sin un céntimo, se negaba a permitir que ese griego de corazón sombrío la intimidara. Sin embargo, cuando Arion le dio la oportunidad de que le mostrara cómo era, le demostró que no tenía nada que ocultar. Hasta que descubrió que estaba embarazada de él...

El dulce sabor de la inocencia

Maya Blake

Acepte 2 de nuestras mejores novelas de amor GRATIS

¡Y reciba un regalo sorpresa!

Oferta especial de tiempo limitado

Rellene el cupón y envíelo a

Harlequin Reader Service®
3010 Walden Ave.
P.O. Box 1867
Buffalo, N.Y. 14240-1867

¡Si! Por favor, envíenme 2 novelas de amor de Harlequin (1 Bianca® y 1 Deseo®) gratis, más el regalo sorpresa. Luego remítanme 4 novelas nuevas todos los meses, las cuales recibiré mucho antes de que aparezcan en librerías, y factúrenme al bajo precio de $3,24 cada una, más $0,25 por envío e impuesto de ventas, si corresponde*. Este es el precio total, y es un ahorro de casi el 20% sobre el precio de portada. !Una oferta excelente! Entiendo que el hecho de aceptar estos libros y el regalo no me obliga en forma alguna a la compra de libros adicionales. Y también que puedo devolver cualquier envío y cancelar en cualquier momento. Aún si decido no comprar ningún otro libro de Harlequin, los 2 libros gratis y el regalo sorpresa son míos para siempre.

416 LBN DU7N

Nombre y apellido	(Por favor, letra de molde)
Dirección	Apartamento No.
Ciudad	Estado	Zona postal

Esta oferta se limita a un pedido por hogar y no está disponible para los subscriptores actuales de Deseo® y Bianca®.
*Los términos y precios quedan sujetos a cambios sin aviso previo.
Impuestos de ventas aplican en N.Y.

SPN-03   ©2003 Harlequin Enterprises Limited

Deseo

SEDUCCIÓN EN ÁFRICA

ELIZABETH LANE

El filántropo Cal Jeffords nunca había esperado encontrarse a la sofisticada Megan Rafferty, la viuda de su mejor amigo, trabajando como enfermera voluntaria en un campo de refugiados en Darfur. Sin embargo, ya que había dado con su paradero, no pararía hasta obtener de ella las respuestas que buscaba... ni hasta conseguir llevársela a la cama.

Cuando descubriera qué había hecho con los millones que había desviado de los fondos de su fundación, haría que pagase por ello, pero, aunque Megan ocultaba algo, no era lo que Cal pensaba.

Cuando supiese la verdad le sería imposible dejarla marchar

¡YA EN TU PUNTO DE VENTA!

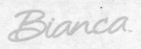
Lo que Su Alteza desea…

El príncipe Hafiz dedicaba
sus días a su pueblo y las
noches a satisfacer sus
más íntimos deseos con su
increíble amante, la esta-
dounidense Lacey Maxwell.
Sin embargo, el deber ha-
cía necesaria su boda con
una mujer más apropiada.
Cuando se permitía dar rien-
da suelta a sus más locas
fantasías, Lacey esperaba
llevar puesto algún día el
anillo de Hafiz. Pero sus
sueños quedaron reducidos
a añicos cuando su príncipe eligió a otra.

Enfrentado a la perspectiva
de una unión sin pasión,
Hafiz comprendió que los
años pasados con Lacey
no habían hecho más que
aumentar su deseo por ella.
Así pues debía convertir en
virtud su único vicio, por el
bien de su pueblo… y por el
de ambos.

La elección del jeque

Susanna Carr